Evelyn Grill

Der Nachlass

Evelyn Grill

Der Nachlass

Roman

Residenz Verlag

MIX
Papier | Fördert gute Waldnutzung
FSC® C014496

Salzburg – Wien

Bibliografische Information der Deutschen Bibliothek
Die Deutsche Bibliothek verzeichnet diese Publikation
in der Deutschen Nationalbibliografie; detaillierte
bibliografische Daten sind im Internet über
http://dnb.dnb.de abrufbar.
www.residenzverlag.com

Umschlaggestaltung: Sebastian Menschhorn
Typografische Gestaltung, Satz: Ekke Wolf, typic.at
Lektorat: Jessica Beer
Gesamtherstellung: GGP Media GmbH, Pößneck

ISBN 978 3 7017 1753 8

mit Unterstützung von
Kultur oberösterreich

DIE EWIGKEIT

Sie sagen, daß wir uns im Tode nicht vermissen
Und nicht begehren. Daß wir hingegeben
Der Ewigkeit mit andern Sinnen leben
Und also nicht mehr voneinander wissen.

Und Lust und Angst und Sehnsucht nicht verstehen,
die zwischen uns ein Leben lang gebrannt,
Und so wie Fremde uns vorübergehen,
Gleichgültig Aug dem Auge, Hand der Hand.

Wie rührt mich schon das kleine Licht der Sphären,
Das wir ermessen können, eisig an,
Und treibt mich dir ans Herz in wilder Klage.

halt uns, Welt, im süßen Licht der Tage,
Und laß, solang ein Leben währen kann,
Die Liebe währen.

Marie Luise Kaschnitz

1

Wenn sie sich in den hölzernen Lehnsessel setzt, dann knarrt er. Er würde einmal unter ihr zusammenkrachen und ihre mürben Knochen – Osteoporose, dachte sie, ist ja altersgemäß – würden sich mit den hölzernen Streben der Rückenlehne in verhängnisvoller Weise verspreizen und ihr einen qualvollen Tod bereiten. Sie hat Fantasie, je älter sie wird, umso stärker wird ihre Vorstellungskraft. Es ist, als ob sich in ihrem Gehirn eine Parallelwelt auszubilden begänne. Sie findet das einerseits interessant, andererseits beunruhigend, und kann nur hoffen, dass sie die beiden Welten nicht zu verwechseln beginnt.

Sie ist allein und die reale Welt einerseits, die sie sich nicht vorzustellen braucht, denn die ist ja da, sozusagen begreifbar, wenn auch nicht angreifbar, d.h. nicht anzufassen, die hat sie vor Augen, und die Fantasiewelt andererseits, die ihr manchmal böse Streiche spielt und nur in ihrer Vorstellung existiert, sind für sie manchmal schwer auseinanderzuhalten. Sie fürchtet, dass sie das ihrer Umwelt schwer erklären kann, also versucht sie es erst gar nicht. Allerdings hat diese Umwelt, wie sie glaubt, ohnehin nicht das Bedürfnis, von ihr Erklärungen entgegenzunehmen. Anfängliche zaghafte Versuche, ihre beiden Welten zusammenzuführen, hatten lediglich nicht nur ihre Außenwelt, sondern auch ihre Innenwelt verwirrt.

Doch seit kurzem scheint vor allem ihre Außenwelt verwirrt zu sein, nämlich derart, dass die alte Frau nicht mehr weiß, ob sie sich jetzt in der Außen- oder in ihrer Innenwelt befindet. Auch das kann sie natürlich niemandem erklären, kann sie es doch nicht einmal sich selbst plausibel machen. Irgendwann hatte man zu ihr gesagt, sie sei alt, sie bliebe besser zu Hause. Es hieß plötzlich, sie sollte geschützt werden. Ihr Leben sei in Gefahr, sobald sie sich auf die Straße und zum Einkaufen begebe. Andere Menschen, der Mensch an sich, sei für sie eine Bedrohung. Es lag ein Brief vor ihrer Wohnungstür, ein rührender, ein freundlicher Brief, die Nachbarin von Wohnung 29 erklärte sich bereit, für sie Einkäufe zu erledigen, sie brauche nur auf einen Zettel ihre Wünsche zu schreiben, ihre Bedürfnisse zu notieren, Milch, Brot, Eier, Salat, Bananen usw. usw., denn sie sei gefährdet. Sie sei alt und deswegen gefährdet, das erfuhr sie schließlich auch aus einer Gratiszeitung, die vor ihrer Tür lag. Sie ist alt, na und? Jedenfalls kann sie das auf Grund der gelebten Jahre nicht bestreiten. Doch Leben ist immer lebensgefährlich, hatte einmal ein gescheiter Mann? Frau? gesagt, das fällt ihr jetzt wieder ein. Aber auch an Hobbes denkt sie, der sagte, dass der Mensch des Menschen Wolf sei. Irgendwie denkt sie, dass die beiden Sätze gut zusammenpassen. Eigentlich bedingen sie einander. Ich werde philosophisch, denkt sie. Es wäre schön, wenn sie mit einem Philosophen ins Gespräch kommen könnte. Doch das ist aussichtslos in dieser Zeit. Muss auch nicht sein, sie hat Bücher, aus denen sie genug philosophische Weisheit heraussaugen kann. Sie lebt allein, sie lebt gerne in ihrer freundlichen, bequemen Wohnung, sie sagt zu sich selbst: Ich bin zu sterben bereit und bitte nicht um mein Leben, doch wollt ihr Gnade mir geben, so flehe ich um drei Jahre, oder vielleicht doch zehn Jahre Zeit, bis ich des Lebens müde bin, dann magst du kommen und mich erwürgen. Das ist ein Zitat. Nein, nicht erwürgen, besser einschläfern. Vielleicht hört sie allmählich auf zu denken und beginnt zu zitieren. Eigentlich muss man in ihrem Alter, mit beinahe achtzig, nicht mehr denken können, ihre eigenen gedachten Gedanken, die sie gelegentlich in Gesprächen, doch eigentlich gibt es gar keine Gespräche, das Reden also, sagen wir einfach das Reden, manchmal hat sie ja etwas zum Reden oder zum Antworten, sie muss Fragen beantworten, beim Bäcker, in der Straßenbahn, am Fahrkartenschalter, dann beantwortet sie alles, was nötig ist. Sie wird manchmal eigenartig angeschaut, wenn sie etwas gesprochen hat, dann war ihr Gesprochenes wahrscheinlich nicht verständlich, und damit sie ihr Gegenüber nicht noch weiter verwirrt, schweigt sie dann und beginnt zu denken und beginnt zu zitieren. Etwas wie *Morgenstund hat Gold im Mund*. Sie weiß, dass es Abend ist, doch für abends fällt ihr nichts ein. Jedenfalls hängt es mit der Zeit zusammen. Das ist ja ihre Sache, sie kann tun, was sie will, vor allem, ja, besser einschläfern, so wie man Babys einschläfert in den Armen der Mutter oder Großmutter, jedenfalls einer Frau, meistens, doch das war ja nicht gemeint. Man erstickt, qualvoll, so hörte man es aus dem Radio und aus den Mündern mancher Mediziner und Politiker, im Fernsehen klang es drohend, und obwohl man sie nicht namentlich nannte, fühlte sie sich gemeint, sie wäre darüberhinaus eine Gefahr für ihre Umwelt, wenn sie wieder einmal einen Schritt aus dem Haus wagen würde, also bleibt sie zu Hause. In ihrem gemütlichen Heim, sie lebt ja nicht in einem Kerker. Sie verhungert nicht, sie erstickt auch nicht, weil sie nicht aus dem Haus geht, sie lebt weiter, sie wird beschützt, sie könnte es sich gemütlich machen, sie könnte es nicht besser haben. So ganz allein ist sie ja nicht, sie hat das Fernsehen, ja, das Fernsehen kann schon ein Tröster sein, sie braucht also keinen Trost, es fehlt ihr an nichts.

Sie lebt nicht auf der Straße. Es gibt Aufrufe in manchen Zeitungen und im Rundfunk, man solle sich um die Obdachlosen kümmern, sie frieren, sie erfrieren sogar. Sie dachte nach, wie sie helfen könnte, sie litt mit den Obdachlosen, sie überlegte, sie hatte einen alten Nerzmantel, den würde sie nie mehr anziehen, er war schon abgetragen, doch er wärmte noch immer. Ihn würde sie gerne einem Obdachlosen zukommen lassen, als Decke, vielleicht für die Beine und Füße. Sie fragte bei der Obdachlosenhilfe nach, ob sie dort ihren alten Nerzmantel vorbeibringen dürfe, dann erklärte sie sich bereit, ihren Pelz einem auf der Straße oder unter einer Brücke liegenden Frierenden um die Schultern zu legen. Sie würde sich dann auch gleich wieder entfernen, denn sie wolle keinen Dank. Die Stimme am Telefon, sie klang ungläubig, antwortete mit einer Frage und einer gewissen Schärfe: Sie wollen einem Obdachlosen einen Nerz um die Schultern legen? Ja, er ist nicht mehr neu, ein bisschen abgetragen, sie entschuldigte sich fast, aber er wärmt immer noch gut.

Sie wollen wirklich einem Obdachlosen, der auf der Straße oder unter einer Brücke liegt, einen Nerz um die Schultern legen?

Der Klang der Stimme hätte sie misstrauisch werden lassen können, er war irgendwie drohend, doch sie wurde nicht misstrauisch, sondern bestätigte stattdessen ihren Wunsch und begründete ihn sogar: Wissen Sie, ich trage ihn nicht mehr, er ist schon abgewetzt, doch er wärmt noch immer. Sie hörte am anderen Ende der Telefonleitung heftiges Atmen, dann kam eine gepresste Antwort: Nein, vielen Dank, wir nehmen keine Nerze, aber Sie können uns Geld spenden, die Kontonummer können Sie leicht erfragen. Aufgelegt.

Sie war perplex, so erzählte sie es einer Freundin am Telefon. Von der erfuhr sie, dass das wirklich nicht ginge.

Sie verstand es immer noch nicht, es war nicht schlüssig. Also ließ sie ihren abgetragenen Nerz im Schrank hängen, streichelte über seinen Ärmel und zuckte mit den Schultern, na dann nicht.

Manchmal schaltet sie das Fernsehen ein. Ein Unterhalter kann das Fernsehen schon sein, oder ein Informant, ja, sie wird in ihrer Abgeschiedenheit sogar informiert, manchmal liegen Gratiszeitschriften vor ihrer Tür, damit sie weiß, dass es zu Hause am schönsten ist, besonders, wenn man allein und alt ist, wenn niemand stört, wenn man niemanden stört und wenn man tun und lassen kann, was man will, und vor allem, wenn man schön zu Hause bleibt.

Der Ton der Türglocke überraschte sie. Wie lange hatte sie ihn schon nicht mehr gehört, sie erschrak, fühlte sich überrumpelt. Sie hätte die Frau wegschicken sollen, nein, müssen, denn sie durfte ja keinen Besuch empfangen, sie war eine Vulnerable; doch wenn die Frau schon einmal da war, wäre es ungehörig, sie nicht hereinzulassen. Vielleicht war vereinbart, dass die Putzfrau an diesem Tag kommen sollte, vielleicht hatte sie es in ihrem abgekapselten Dasein einfach vergessen? Das wagte sie allerdings nicht laut zu sagen, denn wenn alte Leute etwas vergessen, dann nennt man sie gleich dement, nicht nur vergesslich und nicht nur vulnerabel, dann sind sie noch vulnerabler als nur alt. Nein, sie hatte die Putzfrau nicht vergessen, sonst wäre der Termin ja in ihrem Kalender vermerkt gewesen, doch da war nichts vermerkt, also war die Putzfrau unverhofft gekommen, und die alte Frau freute sich, dass sie gekommen war und nicht darauf vergessen hatte. In diesen Zeiten kam so vieles unverhofft und das wenigste war erfreulich. Die Putzfrau sagte, sie komme heute unverhofft, das wisse sie, doch sie wisse nicht, ob sie das nächste Mal überhaupt noch kommen dürfe wegen der Ansteckung, man wisse ja nicht, welche neuen Gesetze oder Anweisungen noch herauskämen von der Regierung, die Regierung sei sehr fleißig und man müsse auf jedes neue Gesetz vorbereitet sein. Die alte Frau streckte ihr die Hand entgegen, doch die Putzhilfe wich zurück. Nein, sagte sie, das ist jetzt verboten. Sie streckte der alten Frau ihren Ellenbogen hin, diese solle ihr den ihren reichen, doch das wollte sie nicht, mit dem Ellenbogen gegen den der Putzfrau stoßen – oder eine Faust machen. Faust an Faust. Das durfte man anscheinend. Seltsame Zeiten.

Die Putzhilfe brachte wieder Ordnung in die Wohnung, sie kannte sich aus, sie war professionell, das war angenehm, später lud die alte Frau Zita, so nannte sie die Putzhilfe, sie hatte einen anderen Namen, doch Zita passte zu ihr und sie hatte nichts dagegen, also lud sie Zita zu Kaffee und Kuchen auf den Balkon ein. Dort saßen sie in gesetzeskonformem Abstand (den Kuchen hatte sie rasch aufgetaut) und Zita erzählte, es war kein Wort von Corona dabei, von ihrer Tochter, die wunderbar kochen konnte, gefüllte Champignons mit Nüssen und andere exquisite Leckerbissen würde Zita unter anderem heute Abend essen, nein, speisen, die alte Frau erinnert sich nicht im Einzelnen an die Köstlichkeiten, die die Putzhilfe aufzuzählen wusste und die sie mit ihrer Tochter speisen würde. Sie erinnerte sich, dass sie sich für den Abend etwas kochen sollte, eine Suppe wenigstens, Suppen gehen ja immer.

Als die Putzhilfe gegangen war, setzte sie sich wieder in den Lehnstuhl, den gefährlich knarrenden, doch überaus bequemen Lehnstuhl, und beschaute den Raum und war zufrieden mit der Ordnung und der Sauberkeit.

Der Lehnstuhl war schon alt, er hatte ein Recht zu knarren, vielleicht hatte er sogar das Recht zusammenzukrachen, sofern man einem Lehnstuhl überhaupt ein Recht zubilligen wollte, und auf dem Sperrmüll zu landen, vielleicht gehörte er eigentlich längst auf den Sperrmüll, doch das wollte sie verhindern, schließlich war der Sessel ihr Eigentum und hatte eine Geschichte. Der Lehnstuhl war gewiss schon mehr als hundert Jahre alt, oder wie man über Menschen sagt, er hatte schon hundert Jahre auf dem Buckel. Die alte Frau hatte keine Vorstellung davon, wie man sich fühlt, wenn man hundert Jahre auf dem Buckel hat. Sie kannte niemanden, der hundert Jahre auf dem Buckel hatte, hundert Jahre lasteten gewiss schwer auf dem Buckel, weshalb die Alten gekrümmt, sozusagen bucklig waren. Besonders natürlich, so stellte sie sich das vor, die hundertjährigen Alten. Das waren überhaupt die Hypervulnerablen, Gefährdete und Gefährder in einem. Kürzlich wurden im Fernsehen vier hundertjährige gezeigt oder vorgeführt. Die Reporterin interviewte sie mit einem klebrigsüßen Charme, der eigentlich schwer zu ertragen war und ein bisschen an Babysprache erinnerte, wie sie fand (sie war vielleicht zu kritisch, vielleicht wollte sie ja bloß selbst, dass jemand so mit ihr sprach; wenn sie ehrlich zu sich war, könnte sie sich das tatsächlich eingestehen), und vielleicht den Hundertjährigen gefiel oder den Babys, jedenfalls beim Zuschauen bzw. Zuhören konnte man diesen Eindruck gewinnen. Doch die Hundertjährigen, die mussten ja schließlich schon viel erlebt haben. Von Paulas Vorfahren und Freundinnen und Verwandten war niemand so alt geworden, auch Paula nicht – man hatte ihnen die Chance nicht gegeben –, stattdessen gab es den knarrenden Lehnsessel noch, er war das Einzige, was von Paula noch übriggeblieben war, den würde die alte Frau demnächst endlich mit Leinöl einreiben, vielleicht hörte er dann auf zu knirschen.

Wahrscheinlich gab es heute mehr Hundertjährige, weil man sie schützte, damit sie nicht krank würden und sterben mussten. Freilich bekam man sie normalerweise nicht mehr zu sehen, die Neunzigjährigen, sogar die Siebzigjährigen wurden neuerdings schon vorsorglich abgesondert von den Viren und Bakterien anderer Menschen, also keimfrei aufbewahrt. Es fragte, soviel sie wusste, niemand die Vulnerablen, ob sie so vorsorglich behandelt werden wollten, ob sie ganz keimfrei aufbewahrt werden wollten, und die Frage schien auch nicht nötig, weil es jedermann klar, unhinterfragbar klar war, dass jeder Mensch jeder Behandlung zustimmen würde, die ihn vor dem Tod bewahrte, und jeder Hundertjährige verstand, dass man nicht einen einzigen Keim, kein Virus in seine Nähe lassen durfte, auch keinen kühlen Luftzug. Und dass das Sterben dennoch unvermeidlich war; letzten Endes, sie dachte an ihre Mutter, die schon seit vielen Jahren tot war und nicht mehr der heutigen Pflege der Vulnerablen teilhaftig werden konnte, heute aber trotzdem auf jeden Fall schon verstorben wäre.

Nach diesem Gedanken dachte sie wieder an ihren hundertjährigen Lehnsessel und fragte sich, ob sie in letzter Zeit die Pflege des Lehnsessels vernachlässigt hatte, sie meinte, dass er in letzter Zeit lauter oder wütender knurrte, wenn sie sich auf ihm niederließ, sie fand kein anderes Wort, das sein Knarren genauer bezeichnen hätte können.

Die Hundertjährigen im Fernsehen konnten noch singen, denn sie wollten einst Sängerinnen oder Lehrerinnen werden, doch das haben ihnen ihre jeweiligen Väter nicht erlaubt. Damals hatten die Väter noch etwas zu sagen bei den Töchtern. Eine von den Hundertjährigen erzählte, dass sie Automechanikerin werden wollte, doch dieser Wunsch wurde ihr nicht erfüllt, denn ihr Vater seinerseits war Architekt, er wollte einen weiblichen Beruf für seine Tochter, niemand aus seinen Kreisen würde eine Automechanikerin heiraten, jedenfalls durfte sie jetzt, als Hundertjährige, mit einem sogenannten Schraubenzieher an der Unterseite eines

Rennwagens herumschrauben. Die Reporterin verfolgte mit einem entzückten und aufmunternden Lächeln die Handlungen der Hundertjährigen an der Unterseite des Rennwagens, der hochgezogen worden war und nun im Raum hing und dessen hässliche Unterseite an einen monströsen Käfer erinnerte. Die Hundertjährige zeigte, dass sie noch imstande war, mit dem großen Schraubenzieher zu hantieren. Andere Hundertjährige durften singen, es waren Liebeslieder und Volkslieder, an die auch die alte Frau sich noch erinnerte, ihre Stimmen waren fast schon so gebrechlich wie ihr Lehnsessel, doch sie brachen nicht. Die Hundertjährigen, die man im Fernsehen zeigte, merkten nicht, dass man sie wie Schulkinder, Volksschulkinder behandelte, vielleicht sogar wie Kindergartenkinder, die mussten gelobt werden; das lächelnde Gesicht, das ihnen die Journalistin zuwandte, deren Stimme auch lächelte, man hörte ihr Lächeln förmlich, in ihm war eine große Süße, und die Hundertjährigen fielen darauf herein, und alle zeigten ihr Können, es war erstaunlich, schließlich begann auch die alte Frau selbst sie zu bewundern. Sie erzählten aus ihrem Leben, es waren alles

Töchter aus gutem Haus, wie man das nennt oder nannte, die meisten hatten ein Gymnasium besucht, hatten die Matura und waren dann verheiratet worden. Eigentlich hätte sie sich gewünscht, dass einige aus bäuerlichen Verhältnissen oder aus dem Arbeitermilieu gekommen wären. Vielleicht gab es keine hundertjährigen Arbeiterfrauen oder Bauersfrauen. Vielleicht wurden sie nicht so alt oder waren nicht mehr vorzeigbar?

Es war ja richtig, man wollte im öffentlich-rechtlichen Rundfunk mit diesen Hundertjährigen Hoffnung erzeugen in diesen gefährlichen Zeiten. Schließlich leben wir ja nicht im Mittelalter, als die Menschen einen lieben Augustin als Schutzpatron brauchten. Dumme Gedanken. In Pestzeiten half den Menschen damals wohl Musik und nicht ein Babyelefant.

Vielleicht mangelte es dem Sessel an etwas. Sicher sollte sie das hölzerne Gestell wieder mit Leinöl einreiben, sie hatte gelesen, dass Leinöl das beste für diese Art von Hölzern sei. Das Leinöl, das sie rechtzeitig in einer Drogerie in der Stadt, als sie noch gefahrlos in die Stadt gehen durfte, ausfindig gemacht hatte, hatte sie beim ersten Gebrauch etwas enttäuscht, denn es roch nicht so, wie sie es sich vorgestellt hatte, es roch nicht frisch, nach Natur, nach Heu zum Beispiel, dieser Geruch würde zu Leinöl passen, das Leinöl für ihren Sessel roch ranzig, ja, der Geruch stieß sie geradezu ab, zumindest war er gewöhnungsbedürftig, doch sie würde sich daran gewöhnen, dazu war sie entschlossen, denn sie hatte den Sessel schon einmal, vor längerer Zeit, mit Leinöl eingerieben und jetzt war nichts mehr davon zu riechen; doch nun entdeckte sie, dass das Holz inzwischen ausgetrocknet war, sogar Sprünge waren an manchen Stellen zu sehen, das Holz jedenfalls hatte zu knarren begonnen und den sanften Glanz, den es nach der Leinölkur gehabt hatte, schon längst verloren; kaum berührte sie seine Lehne und die Armstützen, erinnerten sie sie an ihre eigene Gebrechlichkeit und an ihr Alter, es war sogar so weit gekommen, dass sie den leinöligen Geruch zu schätzen begonnen hatte, doch als sie ihn zu schätzen begonnen hatte, war er schon nicht mehr wahrzunehmen, deshalb war es an der Zeit, sich wieder dem Sessel zuzuwenden.

Die ursprüngliche Eigentümerin des Lehnsessels war schon lange tot, sie war keineswegs hundert Jahre alt geworden, sondern nur etwa vierzig oder fünfzig, sie war kinderlos gestorben, sie hatte keine Chance gehabt, hundert Jahre alt zu werden, genauer gesagt, sie hatte den Lehnsessel und vieles andere zurücklassen müssen, sie hatte mit ihrer Mutter zusammengelebt und war in ihrem Atelier ihrem Beruf nachgegangen. Sie war eine bekannte, hochgeschätzte und ausgezeichnete Goldschmiedin gewesen, mit vielen Preisen ausgezeichnet, seinerzeit gab es wenige Gold- und Silberschmiedinnen. Alles hatte sie zurücklassen müssen, das Zurückgelassene hatte sie rechtzeitig unter ihren guten Freundinnen und Nahestehenden verteilt, die damit vielleicht etwas anfangen konnten. Zu treuen Handen hatte sie auch den Lehnsessel zurückgelassen, alles hatte sie zurücklassen müssen, ihre ganze Habe, und was sie nicht zurücklassen musste – ein Köfferchen oder vielleicht sogar einen Koffer –, war ihr gleich bei der Ankunft abgenommen worden, erfuhr man später. Sie hätte sich eigentlich nicht mit einem so schweren Koffer abschleppen müssen, doch das wusste sie vorher nicht, niemand wusste vorher, dass ihr der Koffer gleich nach der Ankunft im

Nirgendwo abgenommen werden würde, es war überflüssig gewesen, ihn zu packen, und doch hätte sie ihn nicht zurücklassen dürfen, sie musste mit Gepäck verreisen, denn jemand, der ganz ohne Gepäck verreist, glaubt nicht an eine Wiederkehr, und das Hoffen auf eine Wiederkehr, genauer gesagt, eine Heimkehr, sollte wahrscheinlich in den Reisenden aufrechterhalten werden, oder vielleicht sollte die Tatsache, dass sie mit Gepäck verreisten, auch tröstlich sein, sowohl für die plötzlich Abreisenden als auch für die wenigen, die am Bahnsteig Abschied nahmen – doch vielleicht war auch niemand gekommen, um Abschied zu nehmen, um sich zu verabschieden mit Winke-winke, vielleicht mit Tränen in den Augen. Paula wollte sicher keine Tränen in den Augen sehen, sie würde sich mit einem Lächeln verabschieden, mit einem zuversichtlichen, die am Bahnsteig Zurückbleibenden aufmunternden Lächeln, einem Winken, einem lebhaften Schwenken ihres Armes. Der Abschied und das Abschiedslächeln würden sie viel Kraft kosten, eine Kraft, die ihr vielleicht später zum Überleben fehlen würde. Der Bahnhof war voll von Abreisepflichtigen, die an diesem Tag Abschied nehmen mussten, es hatte sie ja niemand gefragt, ob sie reisen wollten, es war bestimmt worden, auch das Ziel war anscheinend bestimmt. Sie wusste es nicht, sie konnte es nur vermuten, es war sicher vorherbestimmt gewesen. Früher hätte man, wenn man eine Reise machte, von der man nicht wusste, wohin sie gehen sollte, gesagt, dass man eine Reise ins Blaue machte; denn wohin die Reise ging, wusste niemand genau zu erfragen, es gab Gerüchte, dass die Reise eher in den Osten und weniger ins Blaue, vielleicht nach Polen gehen sollte, Polen war weit weg im Osten und Paula war auch noch nicht dort gewesen, obwohl sie Polen durchaus interessant fand; doch auch Polen war nur ein Gerücht; jedenfalls, der Koffer tröstete sie vielleicht, wenn sie über ihn strich, über sein glattes Leder. Auch er hatte eine Geschichte, doch jetzt war nicht die Zeit zum Geschichtenerzählen. Auch ihre Mutter hatte einen Koffer gepackt, um den sie sich kümmerte. Paula und die Mutter hielten sich wahrscheinlich umklammert, als die Schiebetüren des Waggons mit einem metallisch klirrenden Geräusch geschlossen wurden und es finster wurde.

Und der Koffer tröstete wahrscheinlich auch die Zurückgebliebenen, die vom abfahrenden Zug weggedrängt wurden, die Winkenden mit den weißen Taschentüchern, die wussten oder sich vorstellen konnten, was in dem Koffer war, sie würden es für eine Weile gut haben mit dem Koffer, so dachten vielleicht die Zurückbleibenden und so hofften vielleicht auch die Verreisenden; die Zurückbleibenden glaubten, im Koffer sei für die Abreisenden Wichtiges, vielleicht sogar Lebenswichtiges, gewiss würden sie noch mancherlei brauchen, Alltägliches jedenfalls, Wäsche wenigstens, Seife, Zahnbürste, Briefpapier, das Adressbüchlein, das kleine, das in Leder gebundene, das Paula so gerne in die Hand nahm, Schreibzeug, Schreibpapier.

Woran die Polenreisende dachte, als sie zusammengepfercht mit vielen anderen Polenreisenden im Waggon stand, sie, die der erklärte Liebling ihres Neffen gewesen war, von dem sie sich nicht einmal mehr verabschieden hatte können, wusste man nicht, doch man konnte sich vorstellen, dass sie hoffte, wieder zurückzukommen und ihren Neffen unbeschadet wiedersehen zu können, die Hoffnung stirbt zuletzt, würde sie vielleicht in ihren Briefen schreiben. Eigentlich hatte sie es in jedem Brief geschrieben, immer am Ende des Briefes. Also hoffte sie auf ein Überleben, auf ein Wiedersehen. Auf jeden Fall hoffte sie auf Briefe von zu Hause, doch auch diese Hoffnung erfüllte sich zunächst nicht.

Ihre Mutter, die Großtante Julie, musste wohl gleich nach ihrer Ankunft aussortiert und ins Gas geschickt worden sein. Und die Briefe von zu Hause wurden nie beantwortet. Und die Daheimgebliebenen warteten auf Antwort, lange, denn die Hoffnung stirbt zuletzt.

Das Knarren des Lehnstuhls hatte etwas Unheimliches, er knarrte eigentlich nicht, er knurrte, die alte Frau fürchtete, dass er einmal unbrauchbar werden und tatsächlich unter ihr zusammenkrachen würde, sodass sie mit dem Lehnstuhl unbrauchbar würde.

Heute ist die alte Frau wieder an die frische Luft gegangen. Es war Sonntag und sie begegnete bei ihrem Luftschnappen keinem Menschen, man billigte den alten Leuten eigentlich kein Luftschnappen im Freien mehr zu, wozu gab es Balkone, doch sie ließ sich das Luftschnappen nicht nehmen. Zwar verfügte ihre Wohnung auch über einen Balkon, und der war gar nicht so klein, es gab durchaus kleinere, es gab auch Wohnungen ohne Balkon, an diese Leute dachte sie, obwohl sie sie nicht kannte, und bedauerte sie. Auf ihrem Balkon hatte sie genug Raum, um vier Schritte in der Länge und zwei Schritte in der Breite zu gehen, zum Luftschnappen. Allerdings sollte sie sich auch bewegen, sollte längere Strecken gehen, sie hatte auch das Bedürfnis, denn ihre Knochen sollten nicht bald so knarren und knacksen wie der hundertjährige Sessel. Sie spazierte also zum Luftschnappen an die Donau, da erschrak sie, denn sie hatte den Mund-Nasen-Schutz vergessen, das könnte sie eine hohe Geldstrafe kosten, hieß es, zwar sah sie die Sinnhaftigkeit der Anordnung nicht ein und wollte sich zunächst der Staatsmacht nicht beugen (allerdings hatte sie gelesen, dass sich das Denunziantentum in letzter Zeit vermehrt hatte), doch wo kein Mensch, da auch kein Denunziant. Sie schnappte Luft in fast menschenleerer Umgebung, am Donauufer, etwa eine halbe Stunde, ein Motorboot raste vorbei, einige Hunde wurden von ihren maskierten Besitzern oder Besitzerinnen angeleint Gassi geführt, und kehrte wieder in ihre Wohnung zurück. Zwar waren ihr unterwegs eine Handvoll maskierter Menschen begegnet, die sie nicht beachteten – sie sahen allerdings nicht wie Denunzianten aus. Doch wie sehen Denunzianten aus? Vielleicht kann man sie nicht auf Anhieb erkennen? Sicher nicht. Das Beste ist, dachte sie, dass sie, sobald sie Menschen, Spaziergängern, begegnete, gleich wegschaute, gleich zu Boden, vielleicht überhaupt in eine andere Richtung blickte, doch dabei musste sie aufpassen, dass sie nicht stolperte und hinfiel und sich etwas brach, war ihr alles schon einmal geschehen. Nicht nur der Blickkontakt, erst recht der Körperkontakt war zu vermeiden. Ein wegschauender Mensch ist eher uninteressant, vor allem sie, die alte Frau. Alte Frauen werden gemeinhin kaum wahrgenommen. Doch die Zeiten hatten sich geändert, alte Menschen wurden neuerdings beachtet, manchmal sogar beobachtet, ohne dass es die alten Menschen, die zu Beschützenden geworden waren, bemerkten. Denn ein alter Mensch war vielleicht gefährdet, und ein Gefährdeter konnte sich unversehens in einen Gefährder verwandeln; mit Sicherheit aber war er gefährdet, denn schon sein Alter gefährdete ihn, er sollte in der Wohnung bleiben. Durfte sie überhaupt auf der Straße sein, oder im Park, im Sonnenschein? Sie hatte doch auf ihrem Balkon genug Sonnenschein, manchmal sogar zu viel Sonnenschein. Sie gehörte zu den Privilegierten, das durfte sie nicht vergessen, sie sagte es sich schon beim Aufwachen vor. Sie konnte auf ihrem eigenen Balkon frische Luft schnappen. Die Regierung, das wusste sie, sorgte sich, in vielleicht eigenwilliger Weise, um sie, aber immerhin, denn die Alten können leicht zu Opfern werden, der staatlichen Fürsorge einerseits und dieses bösartigen Virus andererseits, sobald sie ihre Wohnung verließen oder mit anderen Menschen zusammenkamen, ihnen zu nahe kamen, denn die Jungen waren womöglich Träger des tödlichen Virus, das den Jungen nichts antat, und der Staat wollte sie, die Alten, beschützen vor den Jungen, für die das Virus kaum gefährlich war, wie es hieß. Sie, als Alte, besaß also einen mächtigen Schutz, zwar unsichtbar, aber gegenwärtig, und gleichzeitig einen Feind, ein Virus, ebenso unsichtbar und mächtig. Was ihr allerdings nicht ganz einleuchtete: Sollte der Staat sich nicht um die Jüngeren, die Arbeitsfähigen kümmern? Diese späte Liebe des Staates für die Alten war ihr ein bisschen unheimlich, auch nicht ganz schlüssig. Vielleicht hatte sie hier einen Denkfehler. Vielleicht handelte es sich nicht um Schutz vor dem Virus, sondern das Virus sollte geschützt werden. Nein, da hatte sie einen Denkfehler, es wird sich doch hoffentlich das Virus nicht in ihrem Kopf eingenistet haben, es war doch wohl nicht über den Balkon hereingekommen. Das durfte sie niemandem erzählen, das war ja nur eine Vermutung, eine Möglichkeit?

Sie dachte daran, dass sie viele ihrer Gedanken nicht weitererzählen durfte, es fielen ihr einige, mehrere unerzählbare Gedanken ein, und Personen, die diese Gedanken vielleicht verwirrten, doch diese Gedanken waren unsinnig, das musste sie dann zugeben, denn sie würde ohnehin mit niemandem ins Gespräch kommen. Vielleicht telefonieren? Wenn sie telefonierte, gab es Wichtigeres, jüngere Menschen durfte sie mit ihren Ängsten nicht behelligen. Außerdem kannte sie kaum junge Menschen, mit denen sie telefonieren konnte, außer mit Ämtern oder Ärzten, da bestand keine Gefahr, etwas auszuplaudern, was ihre Vulnerabilität betraf. Man sonderte ja auch das frische Obst, den knackigen Salat, die frischen Blumen von den schon welkenden, angefaulten ab, sodass sie ihre Fäulnis, ihr Verwelken nicht auf das junge, frische Gemüse, den knackigen Salat, die Tulpen, die Rosen usw. usw. übertragen konnten. Das war logisch und vernünftig und auch ökonomisch richtig gedacht, und wo Vernunft herrschte, brauchte sie keine Befürchtungen zu haben.

Und sie eilte nach Hause in ihre gemütliche Wohnung, sie fühlte sich einigermaßen betroffen, jedoch irgendwie einsichtig und beruhigt, hier würde sie niemanden gefährden, und hier wäre sie von niemandem gefährdet. Wie auch immer. Es waren seltsame Zeiten. In ihnen musste man sich erst zurechtfinden. Und sie beschloss, zu akzeptieren, dass sie zu den Abgesonderten gehörte. Immerhin noch nicht zu den Ausgesonderten. Doch, sie dachte weiter, vielleicht gehörte sie in Wirklichkeit schon zu den Ausgesonderten, so wie ihr Lehnstuhl für viele Menschen, die moderne, schicke, nicht knarrende, glänzende Möbel bevorzugten, zu den Ausgesonderten zählen würde, diese Menschen würden ihn aussondern und von der Müllabfuhr abholen lassen. Ausgesondertes gehörte auf den Müll, es war unverwertbar und gehörte also weg. Den Müll muss man entsorgen, er wird entsorgt, das ist in zivilisierten Gesellschaften eine Regel, die niemand hinterfragt – auch so ein Wort. *Hinterfragt*, eine hinterlistige Frage ist eine Hinterfrage, oder ist es eine Frage, hinter der etwas steckt, etwas Verborgenes? Es gibt in der Sprache immer etwas zu hinterfragen. Hinterfragendes zu entdecken. Eine Hinterfragung? Vielleicht bei Gericht?

Die ursprüngliche Eigentümerin des Lehnstuhls gehörte zu den Ausgesonderten. Paula hatte einen neuen Pass oder so was Ähnliches, eigentlich einen Identitätsnachweis, bekommen, und darin hieß sie Sarah und nicht mehr Paula.

Doch, dass auch die alte Frau, die jetzige Besitzerin des Lehnstuhls, plötzlich zu den Ausgesonderten gehören sollte, eine, der man

Essen oder Lebensmittel vor die Tür stellte? Man wollte sie nicht gefährden, hieß es. Man hatte ihr die Freiheit genommen, sich zu gefährden. Das ist die wahre *humanitas*, dachte sie. Sie sollte sich glücklich schätzen, in einer Gesellschaft zu leben, der ihr altes, für die Gesellschaft weitgehend nutzloses Leben so wichtig war, dass man es in einen Käfig sperrte, nicht gerade in einen goldenen, aber doch in einen gelüfteten, geräumigen, bequemen. Ihr Leben gehörte jetzt nicht mehr ihr, sondern denen, denen es wichtig war.

Der knarrende Lehnstuhl, den sie bald wieder mit Leinöl einreiben musste, war ein Überlebender. Vielleicht würde er auch sie überleben, wenn sie ihn pflegte, und das wollte sie auch tun, solange man sie ließe.

Endlich hatte sie Zeit. So viel Zeit, solange sie Zeit hatte, wollte sie ihre Bücher ordnen, das wollte sie schon lange, auch die Schränke, in denen sich allerhand angesammelt hatte, was man nicht mehr brauchte, nie mehr brauchte, es war das schlechthin Unbrauchbare, das wollte sie wegwerfen. Doch was ist das Unbrauchbare? Sie ging in den Keller. Als sie sich in dem engen Raum umschaute, sah sie, dass es nicht einfach war, sich zurechtzufinden in dieser Enge; zwischen Schachteln, Koffern und Geräten, da vermutete sie Wichtiges, noch Unentdecktes. Als sie vor einigen Jahren hier eingezogen war, befand sich der kleine Kellerraum in einem aufgeräumten Zustand. Wer war es, der da so viel Unordnung geschaffen hatte? Es schien ihr, dass Ordnung nur durch Anstrengung, und Unordnung ganz von selbst entsteht.

Sie lernte ein neues Wort. Lockdown. Es gibt Abstufungen, sie glaubt, dass es jetzt den harten Lockdown gibt. Das erinnert sie an ein Gefängnis, eingeschlossen. Bei Lockdown hört sie den Schlüssel im Schloss klirren. Klack, klack. Zur eigenen Sicherheit. Was bedeutete das Wort in ihrer Sprache? Vermutlich eingesperrt. Ja, eingesperrt.

Zu Beginn hatte es einen leichten Lockdown gegeben, dann gab es gar keinen Lockdown, dann gab es einen harten Lockdown, jetzt war es ein sehr harter Lockdown. Wie lange der dauern sollte, war unbestimmt. Die Vorausschauen änderten sich von Tag zu Tag. Und es hieß, wenn wir, das Volk, brav seien, würde es bald keinen Lockdown mehr geben. Sie gehörte zum Volk und sie würde brav sein.

Ja, sie befand sich im harten Lockdown. Wenn sie Lust hätte, sich Schuhe zu kaufen oder einen Mantel oder einen Hut oder Handschuhe, und vielleicht eine Uhr oder ein Buch, dann könnte sie das im harten Lockdown nicht. Wenn sie hingegen einen Revolver kaufen wollte, dann bekäme sie den mit ausführlicher Beratung. Statt eines Buches ein Gewehr. Es sind offenbar gefährliche Zeiten.

In diesen Zeiten denkt sie immer öfter an Paula, sie hat sie nicht gekannt, sie glaubt, das schon gesagt zu haben. Weil sie allein ist, wiederholt sie sich immer öfter, freilich meistens nur in Gedanken, die Gedanken kreisen, doch wenn sie telefoniert, dann passiert es, dass sie sich wiederholt, ja, das hast du mir schon erzählt, oh entschuldige, aber jenes noch nicht, doch, das auch, mehrmals. Ach, entschuldige, dann habe ich leider nichts mehr zu sagen. Vielleicht machen wir jetzt für heute Schluss, vielleicht habe ich morgen etwas zu sagen. Ach, sagt sie, streng dich nicht an, bei mir passiert ja auch nichts.

Die Gesprächspartnerin könnte sie auch mit schon Erzähltem erfreuen, sie kann nicht oft genug Geschichten hören, auch wenn sie die Geschichten schon kennt, wenn sie wiedererzählt werden, bekommen sie für sie immer eine andere Bedeutung. Jede Erzählung, die ihr von einer Freundin oder Bekannten oder woher auch immer zugetragen wird, die ihr zu Ohren kommt, d.h. ins Ohr kommt, bekommt bei jeder Wiederholung eine neue Bedeutung, an der sie herumdeuteln kann. Was hast du heute gemacht? Erzähl! Ach, nichts. Ich habe aus dem Fenster geschaut. Erzähl, was du gesehen hast, niemanden, muss ich sagen, ich habe niemanden gesehen, es ist ja Lockdown. Ich habe nur gesehen, dass der Wind geht, ein kalter Winterwind wahrscheinlich, ich gehe lieber nicht auf den Balkon, denn da liegt ja sogar Schnee, das sieht sehr hübsch aus, erzählt sie ihrer Freundin, die sagt, das hast du mir schon erzählt. Die Freundin erzählt von einer unruhigen Nacht, sie hörte Schüsse, sie wohnt in einer großen Stadt, es sei sogar Blut geflossen, erzähl, erzähl! Es ist sogar Blut geflossen, es soll sogar Tote gegeben haben. Kauf dir eine Zeitung, da soll es einen großen Artikel geben, sagt die Freundin. Es wäre ihr lieber, die Freundin würde es ihr erzählen, vom Blut, von den Menschen, die sich nach dem Schusswechsel unter ihrem Fenster versammelt hatten oder auf ihrem Platz. Sie wünscht sich ein Anschaulich-Machen der Nacht, in der die Freundin mit knapper Not den Schüssen der Verbrecher oder der Polizei entgangen war. Ja, ein Anschaulich-Machen wünscht sie sich, doch die Freundin sagt, es kommt sicher was im Fernsehen, schalt den Fernseher ein. Sie schaltet das Fernsehgerät ein, das falsche Programm, kein Schusswechsel, anderes Programm, verflixt, wo ist der Schusswechsel, endlich, die Polizei, kein Schusswechsel und dann nur der Innenminister, zu spät. Sie schaltet aus.

Wenn sie sich in den knarrenden Sessel mit der bequemen Rücklehne und den runden Armstützen setzt und es sich gemütlich macht, wenn sie über das glatte Holz streicht, denkt sie an Paula: Sie hat sie nicht persönlich gekannt, doch sie hätte sie gerne gekannt. Es wäre zeitlich nicht möglich gewesen, denn als man Paula ermordet hat, war sie kaum geboren. Mitten im Krieg. Nein, nicht mitten, sondern auf dem Land, am Rande des Krieges, geborgen im Bauernhaus der Großeltern mit ihren Geschwistern, während ihr Vater mit seiner Lokomotive Frachten transportierte.

Sie hatte keine Angst, die Bomben fielen woanders. Heute fragt sie sich, welche Frachten der Vater in seinen Güterzügen transportierte. Was merkt sich ein Kind mit acht Jahren? Ihr sind immer nur Sätze, halbe Sätze oder ganze Sätze, aus dem Zusammenhang gerissen, in Erinnerung geblieben. Sie hat ja auch nicht gefragt. Sie hat nur zugehört. Doch, sie hat gefragt, aber man gab ihr keine Antworten, die sie verstand. Das verstehst du nicht, und die Erwachsenen gaben sich auch keine Mühe. Dass es abgemagerte Menschen gab, die durch ihren Ort getrieben wurden, und dass man ihnen nichts zustecken durfte. Warum? Das fragte sie wohl auch. Schon damals fielen in den Familien Worte wie Nazi und Hitler. Sie ist im Krieg geboren, ihre Mutter hätte sie vielleicht oder sicher abgetrieben, erfuhr sie, als sie schon erwachsen war, doch wenn eine deutsche Frau ein deutsches Kind abgetrieben hätte, wäre sie selbst umgebracht worden. Das hat sie dem Kind viel später erzählt und sie hat es als Erwachsene verstanden. Ein Jahr später kam noch ihr Bruder zur Welt.

Ihre Mutter war eine Bauerntochter, sie mussten nicht hungern. Ihr Vater musste nicht zur Wehrmacht. Denn er war Lokomotivführer. Als Lokomotivführer diente er ihr trotzdem, nolens volens, wie man sagt. Er hat das alles dem Schulkind erzählt, als sie einmal, viel später, abends nach dem Essen um den Tisch saßen, so nebenbei. Manchmal musste er im Zug übernachten. Wahrscheinlich in einem Waggon, im sogenannten Dienstwagen, manchmal, so erzählte er, kam der eine oder andere aus den Waggons, um sich bei ihm zu wärmen. Sie hatte das alles sogleich als Bild vor Augen. Sie ging damals in die erste Klasse Volksschule, sie war begierig, lesen zu lernen, es ging ihr zu langsam. Man lernte damals noch einzelne Buchstaben und setzte daraus die Wörter zusammen. Der Vater zeichnete ihr an den Rand der Tageszeitung, des »Tagblatts«, jene Buchstaben, nach denen das Kind ihn fragte und mit denen es selbst Worte zusammensetzte, die es in der Schule noch nicht gelernt hatte.

Sie weiß nicht, wie sie mit dem Wissen umgehen soll, dass sie Hitler ihr Leben verdankt. Auch ihr Bruder verdankte Hitler sein Leben. Eine Abtreibung war für eine deutsche Mutter lebensgefährlich. Sie war ein lebenswertes Leben gewesen, genauso wie ihr Bruder. Ihr Vater war Sozialdemokrat, er war nie in der »Hitler Partei« gewesen, obwohl man ihn dazu aufgefordert hatte. Der Vorstand, der Bahnhofsvorstand, hatte ihn ausdrücklich dazu ermahnt. Doch er lehnte ab. Und dann? Fragte man ihn. Nichts. Was ist passiert? Nichts, sagte der Vater. Das hat sie alles behalten, obwohl ihr Vater starb, als sie elf Jahre alt war. Wie viel ihr durch den Kopf geht, wenn sie allein ist. Fast immer allein ist. Und in dem knarrenden Lehnstuhl sitzt, der eine ganz andere Geschichte erzählen könnte.

An manchen Tagen wünscht sie sich Besuch. An anderen reichen ihr die Bücher und das Telefon. Sie geht ihre Bücherwände entlang und es erfüllt sie so etwas wie Glück. Ihr Vater war kein Katholik, er war nicht in der Kirche, wie es hieß, und er hatte Angst, dass man ihm versehentlich nach seinem Tod ein christliches Begräbnis zuteilwerden lassen würde. Sie erinnert sich, dass ihr Vater zuletzt bei den »Barmherzigen Brüdern« in Behandlung war, als ihn diese Sorge umtrieb. Er wollte sich nichts erschwindeln. Sie glaubt sich zu erinnern, dass ihre Mutter ausweichend geantwortet hat, er möge sich darum doch nicht sorgen. Heute denkt sie, dass das wohl seltsame Gespräche waren am Spitalsbett. Sie hat ihren Vater gemeinsam mit ihrer Mutter insgesamt zweimal im Krankenhaus besucht, einmal wegen eines Magendurchbruchs. Das Wort hat sie nie vergessen, es hatte für sie eine gewisse Melodie: Magen – durch – Bruch. Sogar eine gewisse Anschaulichkeit, sie erzählte es ihren Freundinnen; wenn sie gefragt wurde, weshalb ihr Vater im Spital sei, wiederholte sie beinahe stolz, als wäre die Krankheit eine Auszeichnung: Magendurchbruch. Tage zuvor hatte der Vater große Schmerzen gehabt, er lag im Bett, sie war öfter bei ihm, denn die Tür zum Elternschlafzimmer war meistens offen, damit ihn Mutter hörte, wenn er etwas benötigte. Einmal rief er sie zu sich, er konnte nicht mehr zurück ins Bett und sie sollte ihm helfen. Das achtjährige Kind versuchte den Körper des Vaters, der zur Hälfte aus dem

Bett hing, hinaufzuschieben. Sie spürt noch heute die damalige kindliche Verzweiflung, wenn sie daran denkt. Sie weiß nicht mehr, wie das damals ausging, jedenfalls schaffte sie es nicht; ihre Mutter ist wohl gekommen und hat die Rettung gerufen, die ihn ins Spital brachte. Dort hat sie ihn dann auch besucht mit der Mutter. Sie brachten dem Kranken gelben Kuchen, wir nannten es Biskuit. Das durfte er essen und er sagte zum Kind, das Biskuit sei überhaupt das Gesündeste auf der Welt.

Es war ein riesiger Saal mit vielen Betten, Bett an Bett sozusagen, in dem der Vater lag. Sein Bett stand in der Mitte des Saales. Links und rechts gingen die Schwestern und die Besucher vorbei. Es sah aus wie die Lazarette, die sie später in manchen Kriegsfilmen sah.

Der Vater hatte den Kindern verboten, ihn als Leichnam anzuschauen. Er dachte oft an den Tod, er sprach oft von ihm. Er musste nicht mehr lange leben, damit die Mutter die volle Pension bekommen könnte, das hatte er sich ausgerechnet. Das war ihm wichtig. Er sagte: Falls ich sterbe, dürft ihr mich nicht anschauen. Ihr sollt mich als Lebenden in Erinnerung behalten. Sie sollten ihn als Lebenden in Erinnerung behalten. Ihr aber gelang es, von der geöffneten Tür der Leichenhalle aus einen Blick auf sein Gesicht zu werfen. Von ferne. Es war ganz gelb. Als er gestorben war, war sie nicht traurig, denn sie wusste, dass er wiederkommen würde. Er starb im Mai. Ihre Schwester hatte ihr einen blauen Mantel genäht, eigentlich ein Mäntelchen, denn im Mai konnte es noch kalt sein. Die alte Frau erinnert sich. Sie erwartete ihn zu Weihnachten zurück, dann verschob sie sein Kommen auf ihren Geburtstag, dann auf Ostern und so weiter, bis sie seinen Tod anerkennen konnte, d. h. sein fortwährendes Fernbleiben.

Die alte Frau hat viel Zeit zum Nachdenken, sie glaubt sich zu erinnern, dass sie das schon gesagt hat. Das Alleinsein ist manchmal schwer zu ertragen und dann überlegt sie sich, wie es wäre, jemanden zu haben, den sie jederzeit anrufen könnte, zu Kaffee oder Tee einladen, um sich mit dieser Person zu unterhalten. Oder zum Schachspiel. Sie spielt schlecht Schach, doch sie spielte es leidenschaftlich, es lenkt sie ab, alle ihre Probleme lasten dann auf den Figuren, die tragen ihre

Konflikte aus, und wenn sich ein spannender Kampf entwickelt zwischen den Weißen und den Schwarzen, dann kann sie nicht verlieren. Sie gewinnt immer, denn sie stellt sich jedes Mal auf die Seite des Siegers.

Wenn sie allein spielt, spaltet sie sich und dann hat sie immer recht, d.h., eine Hälfte von ihr gewinnt immer. Nimmt sie die Weißen und gewinnen die Schwarzen, dann ist sie auf Seiten der Schwarzen und umgekehrt. Wenn sie allerdings einen Mitspieler hätte, dann wäre das nicht möglich. Dann wäre sie entweder besiegt oder sie hätte gesiegt.

Dennoch wäre es schöner, einen Spielpartner, eine Spielpartnerin zu haben. Sie dachte schon an eine Annonce in der Zeitung, hat es bisher nicht gewagt. Vielleicht überwindet sie sich doch eines Tages.

Sie muss endlich anfangen ihren Übersiedlungskram zu ordnen, beschließt sie. Also nicht gerade zu ordnen, doch etwas aus ihrer Vergangenheit zu finden, etwas Spannendes. Etwas, das ihr bestätigen würde, dass sie in ihrem Leben schon etwas geleistet hat. Nein, das ist es nicht. Eigentlich geht es ja nicht nur um sie selbst. Es kann doch nicht immer nur um einen selbst gehen. Vielleicht will sie Zeugnis ablegen, dass sie gelebt hat. Das beste Zeugnis eines gelebten Lebens ist eine Inschrift auf einem Grabstein. Eigentlich hat sie ja schon einen Grabstein, ein Grab, für das sie zahlt, dort befindet sich die Urne ihres geliebten Mannes. Man hatte ihr versichert, dass in dem Grab noch drei Urnen Platz hätten. Na gut. An Platz mangelt es nicht, so viel Platz bräuchte sie nicht. Sie wüsste gar nicht, wer seine Asche neben ihrer bzw. neben der ihres Mannes lagern wollte. Sie jedenfalls hat schon einen Platz und einen Grabstein, man wird wissen wollen, wie sie auf dem Grabstein zu bezeichnen sein würde. Vielleicht Gemahlin von … Das ist ja ziemlich altmodisch, scheint ihr. Als Kind ist sie in ihrem Heimatort sehr häufig auf den Friedhof gegangen. An der Außenmauer des Friedhofs war das Fegefeuer dargestellt, d.h., es wanden sich Adam und Eva in den Flammen in einer Felsennische. Mit vor Angst aufgerissenen Augen, die wie Kugeln aus ihren Gesichtern zu springen drohten. Die Flammen loderten, und dass sie nicht farbig loderten, sondern irgendwie erdig waren, erschreckte sie als Kind mehr, als farbige Flammen sie erschreckt hätten, und sie schlich gesenkten Kopfes daran vorbei. Man konnte dem Anblick der Verzweifelten und Gequälten, der Händeringenden in den Flammen nur entgehen, indem man gleich zu Boden oder zur Seite schaute, denn das Fegefeuer erwartete einen schon beim Eintritt am schmiedeeisernen Friedhofstor. Und doch konnte sie es nicht lassen, wenn ihre Friedhofstour sich dem Ende zuneigte, verstohlen einen Blick auf die Gequälten zu werfen und das Dargestellte auszuhalten. In der vergeblichen Hoffnung, angesichts der Grausamkeit des Dargestellten immun zu werden. Dort will sie jedenfalls nicht begraben sein. Irgendwie ist das Suchen einer Grabstätte wie eine Wohnungssuche, eine letzte. Vielleicht sollte sie die katholischen Heiligen beneiden, was sie ja auch irgendwie tut, wenn sie die Prunksärge in den barocken Kirchen der Katholiken sieht. Die Idee, dass man sich ein Lebensende in einem gläsernen Prunksarg, in Samt und Seide gekleidet, mit Perlen geschmückt, den Totenschädel mit Gold und edlen Steinen verziert vorstellen und sich darauf freuen könnte … Sie stellt sich vor, dass die Besucher sie um ihren Schmuck beneiden würden, um das Gold, die Perlen, die eigentlich sinnlos auf ihrem toten Schädel prangen würden. Sie stellt sich vor, dass ihr dann das Sterben leichter fiele. Ein interessanter Gedanke, den sie gestern am Telefon einer Freundin erzählt hat, und dann einer zweiten, und die spuckte nur ein Wort aus: pervers. Beide beendeten abrupt das Gespräch. Einer dritten hat sie es schließlich auch erzählt, die zuckte nur mit den Schultern und meinte, nicht verwunderlich, du hast dich ja immer für Mode interessiert. Das hatte die alte Frau verwirrt, und sie merkte sich: Solche Gedanken behält man besser für sich. Später rief sie eine von den Freundinnen noch einmal an, ein wenig besorgt, wie ihr schien, und forderte sie auf, an die Donau zu gehen, dort würde sie auf andere Gedanken kommen. Die frische Luft, sagte sie, geh an die frische Luft und geh an die Donau. Ja, sagte die alte Frau, gute Idee, und dann: zu viele Hunde. – Doch wer weiß schon, wie das Sterben geht. Das Zuschauen allein genügt nicht, um es zu wissen.

In der Zeit des Lockdowns sitzt sie gerne in Paulas knarrendem Lehnsessel, denkt nach und schläft dabei ein. Wenn das einzige Resultat ihres Nachdenkens das Schlafen ist, überlegt sie, dann sollte sie darüber nachdenken, wie das zu verhindern wäre. Sie beginnt Kaffee zu trinken, starken, schwarzen Kaffee, darauf bekommt sie Herzklopfen. Es ist ja die Aufgabe des Herzens zu klopfen, sie misst ihren Blutdruck, alles bestens, also ist das Herzklopfen nicht gefährlich, sondern geeignet, sie wach zu halten und am Einschlafen zu hindern. Sie entspannt sich gerne in dem knarrenden Lehnsessel, den sie Paula, der Verwandten ihres verstorbenen Mannes, verdankt, den Paula zurückgelassen hat, und die alte Frau vermutet, dass Paula ihn genau für sie zurückgelassen hat, obwohl sie sie nicht kannte, nicht kennen konnte, aber es ist nicht das Einzige, das sie zurückgelassen hat. Gestern entdeckte die alte Frau im Keller beim Versuch, Ordnung zu machen, eine Mappe aus feinem, rotem Leder. Sie nahm sie mit in die Wohnung und legte sie zur Seite. Diese Mappe hatte sie bei ihrem Umzug in diese Wohnung mitgenommen, doch sie öffnete sie nicht gleich, sie hatte vieles zurückgelassen und war jetzt froh, dass sie die Mappe mitgenommen hatte, auch wenn sie sie bis heute nicht geöffnet hatte. Neugierig war sie schon gewesen, doch sie fürchtete eine Enttäuschung oder einen Schrecken.

Die Sonne scheint und es ist Sonntag. Das spielt eigentlich für sie keine Rolle. Das heißt für sie nur, dass alle Geschäfte geschlossen sind. Hätte sie etwas vergessen, etwas Wichtiges, um nicht zu sagen Lebenswichtiges, ein Rezept zum Beispiel, wenn sie es einzulösen vergessen hätte, hätte sie heute keine Chance. Vor allem wäre es kompliziert, eine Apotheke zu finden, die auch sonntags geöffnet hätte. Die alte Frau glaubte, sich an das Alleinsein gewöhnt zu haben, doch heute fällt es ihr schwer: Das Gewöhntsein ist kein sicherer Hafen. Oder, wie Paracelsus sagt: *Die Dosis macht das Gift*. Man glaubt, sich an das Alleinsein gewöhnt zu haben, denkt sie, und tatsächlich ist sie ja an sich selbst gewöhnt, das ist schon viel, überlegt sie, denn manche Menschen mögen sich selbst nicht und wollen nicht mit sich allein sein. Doch manchmal ist das Alleinsein auch für sie zu viel. Im Allgemeinen ist sie ganz gerne mit sich allein, eigentlich findet sie sich selbst durchaus interessant, doch das sagt sie niemandem, denn die Eitelkeit ist eine Todsünde, wie sie weiß, es gibt ja in der Wohnung, weiß Gott, genug zu tun, zumal die Putzhilfe nicht mehr kommen darf, um sie nicht anzustecken, oder umgekehrt. Die Sonne scheint auf ihren Balkon, sie genießt die frische Luft. Nirgends ist heute ein Mensch zu sehen. Sie vermutet, dass alle Familien, auch ihre, einen Ausflug machen. Vielleicht waren heute viele an der Donau oder im Museum, in der Tat, das Museum wäre eine Möglichkeit. Seit gestern ist auch das Museum eine Möglichkeit. In diesen Zeiten muss man jede Möglichkeit nutzen. Wer weiß, ob sie morgen noch besteht. Doch eigentlich stimmt das nicht, denkt sie, man muss nicht alle Möglichkeiten nutzen, es gibt zu viele, zum Beispiel könnte sie vom Balkon hinunterspringen, dann wäre es aus mit den Möglichkeiten. Das wäre sozusagen die letzte Möglichkeit. Doch solange es noch andere Möglichkeiten gibt, kann sie zum Beispiel lesen und in der warmen Stube sitzen… Als sie Stube schreibt, fällt ihr die Ballade von Gustav Schwab ein, die sie schon als Volksschulkind gruselig gefesselt hat. *Urahne, Großmutter, Mutter und*

Kind in dumpfer Stube beisammen sind. Die dumpfe Stube gefiel ihr. Sie wusste nicht, was sie sich unter *dumpfer Stube* vorstellen sollte, vielleicht etwas, wo man sich geborgen fühlen oder sich verstecken und unauffindbar machen konnte. Alle sind mit etwas beschäftigt, die Großmutter strickt und das Kind tut auch was Sinnvolles, sie muss sich die Ballade heraussuchen, früher konnte sie sie auswendig. Jedenfalls kommt der Blitz und macht aus der Idylle eine Tragödie, alle tot. Seltsam, denkt sie, dass das Schicksal der Familie sie gar nicht berührt hat, ihr haben die Reime gefallen, die Melodie, sie hatte das ganze Gedicht auswendig gelernt, da ging sie noch in die Volksschule, da konnte sie sich vorstellen, dass es das noch gab, dass eine Urahne, eine Großmutter, eine Mutter und ein Kind (ein Mädchen, nahm sie an) zusammensaßen. Alle waren mit etwas Sinnvollem beschäftigt, als mit einem Mal ein Blitz niederstieß und vier weibliche Generationen auslöschte. Ob es auch Männer gab in der Familie, einen Urahn, einen Großvater usw. usw., das würde sie jetzt interessieren, es ist jedenfalls zu hoffen. Das sind so Gedanken, die man in der Corona-Krise hat (oder die sie hat). Sie muss einmal fragen, ob auch andere Personen, vor allem Alleinstehende, seltsame Gedanken haben. Denn sollten die Gedanken nach Corona nicht aufhören, seltsam zu sein, ist das vielleicht ein Zeichen, dass man auf bestem Wege ist, blödsinnig oder verrückt zu werden. Wenn heutzutage die vier Frauen so eng beisammensäßen, so würden sie wohl von Corona und nicht vom Blitz dahingerafft werden, zumindest die Urahne und die Großmutter, überlegt sie. Mutter und Kind vielleicht nicht, es wird ein Mädchen gewesen sein, vermutlich strickt es, also ist es ein Mädchen, das würde vielleicht davongekommen sein, wenn nicht durch den Blitz ein Feuer entstanden wäre und alles dahingerafft hätte, sodass hinterher von der Urahne, der Großmutter, der Mutter und dem Kind (wahrscheinlich weiblich, denn es strickt) und auch von der Idylle wohl nichts mehr übrig war. Aber jetzt spricht sie ja über Corona und … *nennt es den Blitz der traf, den Wink der lenkte, das Ding das in mich kam in meiner Stunde,* weiter weiß sie nicht. Es fallen ihr immer wieder Gedichte ein in diesen Tagen, doch sie kann sie nur bruchstückhaft wiedergeben. Und doch machen sie die wenigen Worte wehmütig und ein bisschen glücklich.

Sie will in den Keller gehen. Die Corona-Zeit, denkt sie, ist eine gute Zeit aufzuräumen, innerlich und äußerlich. Vielleicht wird auch in unserer Regierung aufgeräumt, es ist zu hoffen, doch das gehört nicht hierher. Manches Mal verirrt man sich in seinen Gedanken auf Felder, die man nicht zu beackern hat. Man will ja bei Laune bleiben. Vielleicht findet sie ja auch ihren Machiavelli, sie weiß, dass sie ihn hatte, und wenn er nicht im Keller ist, dann wird er wohl in der Wohnung sein. Wenn sie ihn nicht findet, dann muss sie ihn neu kaufen, den Machiavelli. Vielleicht sind die Buchhandlungen ja jetzt geöffnet, dann muss sie sich beeilen, denn es könnte sein, dass morgen schon alles anders ist. Wenn die Waffengeschäfte offen sind, dann sind die Buchhandlungen geschlossen, das ist hier so die Regel, die man nicht verstehen muss. Sie versteht sowieso vieles nicht mehr. Sie ist ja schon alt.

Die Regierung ist sehr fleißig, sie gönnt sich keine Pause. Die Regierung ist hinter dem Virus her und das Virus sitzt im Menschen, also ist die Regierung, besonders der

Innenminister, das gehört zu seinen Aufgaben, hinter den Menschen her. Im Keller gehört aufgeräumt, sie weiß, dass sich hier nicht nur vielleicht der Machiavelli, sondern auch die weinrote, glattlederne Mappe befindet. Sie wird sie suchen, sie muss sie finden, vielleicht würde sie von ihr mehr über ihren altersschwachen Lehnstuhl erfahren. Sie weiß, dass er eine Geschichte hat, und sie ist immer hinter Geschichten her, sie würde sie ihm entreißen, das ist ein blödes Bild, ein schiefes, also vergessen wir's, denkt sie, man weiß schon, was gemeint ist.

Ihr Vorhaben hat sich wieder verschoben. Sie wollte in den Keller, aber es passierte so viel zu ebener Erde. Sie sah fern und sah, dass die Wirklichkeit immer verwirrender wurde. Ein richtiges Wirrsal. Dass sie es nicht verstand, machte ihr nichts aus, das Wichtigste war, dass sie es zu sehen bekam, und am deutlichsten zeigte es sich ihr im Fernsehen: Man spricht und hadert und widerspricht und zeigt sich empört und versucht zu besänftigen und widerspricht und droht und erhebt die Stimme und droht wieder und spricht leise und wendet sich ab und lacht in den Rücken des Gegners oder sich ins Fäustchen und streitet ab und behauptet, und als sie sich gar nicht mehr auskannte, als also ihr »Wirrsein alles überwog« (das war ein Zitat aus einem Gedicht eines unbekannten Dichters, dessen Name ihr entfallen war), als dieses Wirrsein alles überwog, entschloss sie sich, zu Bett zu gehen.

Sie schaltet das Fernsehen aus und tritt vor den Spiegel, eigentlich geht sie eher zum Spiegel und sieht, erstens, dass sie noch nicht angezogen ist, und zweitens, dass sie einen Friseur braucht, genauer gesagt, einen Haarschnitt. Ein Termin beim Friseur, auch wenn sie nur einen Haarschnitt braucht, ist kompliziert. Das Komplizierte, denkt sie, will sie nicht schildern, es ist langweilig, für manche vielleicht sogar lachhaft oder komisch, vor allem langweilig. Sie hofft, dass sie niemanden oder nur die wenigsten langweilt. Hauptsache, ich darf weitererzählen, denkt sie, Hauptsache, es fällt mir niemand ins Wort.

Sie nimmt sich vor, keine Zeitung mehr zu lesen, besonders keine österreichische, ihr Neurologe hat ihr davon abgeraten, als sie letztens bei ihm war. Er nahm sich Zeit, obwohl er sehr rasch herausfand, dass sie deprimiert war, dass sie lebensgefährliche Depressionen auszu- oder zu überstehen hatte. Es sei keine Seltenheit heutzutage. Es seien eigentlich alle deprimiert. Auch er, sagte er beinahe stolz. Doch er wollte sie nicht, oder noch nicht, einweisen in sein Institut, es sei zurzeit ziemlich ausgelastet. Die Zeitläufte, seufzte er. Er meinte, sie sei eine starke Persönlichkeit, die aus diesem psychischen Tief selbst wieder herausfinde, es quasi durchtauchen könne. Das Durchtauchen gefiel ihr, sie machte in Gedanken wegen der Anschaulichkeit des Durchtauchens schon Schwimmbewegungen. Wenn es mit dem Durchtauchen nicht klappte, sollte sie sich wieder beim Neurologen melden.

Früher ist sie immer gerne geschwommen, sogar in einem reißenden Fluss, den Fluss gibt es jetzt nicht mehr, er ist zu einem Rinnsal verkommen, in dem sich nicht einmal Ratten tummeln. Durch den kann man heutzutage nicht mehr durchtauchen, höchstens waten. Damals gab es hierzulande kein öffentliches Bad und in der Badewanne war höchstens ein Untertauchen, aber kein Durchtauchen möglich. Auf ihre Frage, wo sie das Wasser fände zum Durchtauchen, da ja noch kein städtisches Schwimmbad geöffnet sei, lächelte der Neurologe milde, eigentlich nachsichtig, strich ihr beruhigend über den Arm und erklärte, er habe das nur bildlich gemeint. Verstehen Sie?, fragte er in ihr verzagtes Gesicht. Sie überlegte, was sie antworten sollte. Wenn sie ja sagte, dann müsste sie mit einer für sie unlösbaren Frage nach Hause gehen und ihr Dilemma wäre perfekt. Wenn sie nein sagte, dann hielte er sie entweder für begriffsstutzig oder gar für dement. Da sie längere Zeit keine Antwort gab, weil sie immer noch angestrengt über das »bildlich« nachdachte, sagte der Arzt, nachdem er ihr noch einmal sanft über den Arm gestrichen hatte, es sei ja nicht so schlimm, wenn Sie es jetzt noch nicht können, versuchen Sie es täglich dreimal und irgendwann wird es klappen. Sie fühlte sich, als sei sie bei einem Märchenerzähler gewesen, und war beruhigt. Märchen pflegen ja ein gutes Ende zu nehmen.

Dennoch ließ sie der Gedanke an das Durchtauchen nicht los, sodass sie sich in

Gedanken in ihre Kindheit verirrte, als sie noch durchtauchen konnte und es auch tat. Es gab in ihrem Geburtsort einen reißenden Fluss, der manchmal Hochwasser führte und dessen Wasser in manchen Zeiten beängstigend an der Hausmauer ihres Elternhauses leckte. Sie erinnert sich, dass sie wohl noch sehr jung gewesen war, ein Kind halt, sodass sie das Hineinschauen vom Küchenfenster in diesen Strudel nicht erschreckt, sondern geradezu fasziniert hatte. Jahre später sprang sie in den Fluss, in den das Abwasser aus den Kanälen strömte, doch das störte sie nicht und auch sonst niemanden. Man war abgehärtet. Sozusagen. Als junges Mädchen – damals nannte man das Teenager – oder sagt man heute auch noch so?, fragt sie sich und merkt, dass sie schon ein bisschen aus der Zeit gefallen ist, als junges Mädchen also kletterte sie über scharfe Granitsteine und ließ sich von dort ins Wasser fallen oder gleiten, es hatte 11 bis 13 Grad zu Beginn ihrer Badesaison. Einmal ertrank sogar ein zwanzigjähriger Bursch auf ihrer Schwimmstrecke. Das war ziemlich tragisch, denn er war mit der Tochter des Eigentümers des einzigen Schuhgeschäfts am Ort verlobt gewesen und beide wollten bald heiraten. Sie glaubt sich zu erinnern, dass die junge Frau sogar schwanger war. Das war freilich kein Einzelschicksal, denn sie erinnert sich noch an einige solcher Vorfälle, bei denen der werdende Vater bei einem Unfall ums Leben kam und eine junge Frau zurückließ, die dann ein uneheliches Kind – damals pflegte man es als einen Balg zu bezeichnen – zur Welt bringen würde. In diesem Fall heiratete der Eigentümer des Schuhgeschäfts die Schwangere, weil er sich wahrscheinlich in sie verliebt hatte, und die Lästermäuler waren gestopft. So fand alles ein gutes Ende. Sie selbst allerdings, die diese Strecke mehrmals durch Strudeln und Wellen geschwommen war, ertrank nicht, obwohl sie damals erst dreizehn Jahre alt war und der junge Mann zwanzig. Allerdings war er kein Österreicher, er kam aus Jugoslawien. Sie denkt, nehme an es war wohl Schicksal, denn an der Nationalität konnte es ja nicht liegen.

Was soll man in diesen Zeiten machen, womit sich die Zeit vertreiben … *Seltsames Wort, die Zeit vertreiben – sie zu halten wäre das Problem.* Sagt Rilke. Ja, wäre. Darüber könnte man nachdenken, sie hat den Tag wieder versäumt, an dem sie in den Keller gehen und die rote Mappe heraufnehmen wollte. Oder war es eine grüne? Es war jedenfalls eine glänzende glattlederne Mappe. Sie hat sie vor Augen und in ihrem Tastsinn. Ihre Fingerkuppen haben die Erinnerung an die Mappe gespeichert.

Sie hört von Genesenen. Die einen bekommen Fieber und Kopfweh, die anderen sterben, sie ersticken. Zugegebenermaßen, es sind die wenigsten. Sie kennt die genauen Zahlen nicht. Wahrscheinlich kennt die niemand – und sie ist auch keine Zahlenfetischistin. Sie kennt auch ein paar Genesene, die überlebt haben, persönlich, jedoch keine Verstorbenen. Verstorbene kennt sie nur aus der Zeitung und die erschrecken sie mehr als die Überlebenden, die sie kennt, denn von den Menschen, die sie kennt, erwartet sie ohnehin, dass sie überleben. Die Gestorbenen stehen in der Zeitung, dort gehören sie hin und werden dadurch zu den Bleibenden unter der Druckerschwärze. Es gibt Tage, und heute ist ein solcher Tag, er ist eigentlich freundlich, nicht eigentlich, er ist sehr freundlich, die Sonne scheint, auf dem Balkon ist es erstmals in diesem Jahr so warm, dass sie sich überlegt, den Sonnenschutz herunterzulassen, und sie überlegt nicht lange, schon hat sie ein schräges Stoffdach über sich und alles ist in sanften Schatten gelegt. *Komm du nun, sanfter Schlummer! Zu viel begehrt das Herz; doch endlich, Jugend! Verglühst Du ja, Du ruhelose, träumerische! Friedlich und heiter ist dann das Alter.*

Die Maturanten in dieser und heutiger Zeit denken nicht an Hölderlin. Sie wissen nicht, man hat es ihnen nicht erklärt oder fassbar gemacht, wie viel Tröstliches sie bei Hölderlin fänden. Doch sie haben sicher anderes zu denken und zu lernen. Das hofft sie zumindest und fühlt sich lächerlich mit ihrem Hölderlin oder Grillparzer. Vielleicht kennen sie doch noch die Zeilen von Grillparzer: *Es ist ein gutes Land, wohl wert, dass sich ein Fürst sein unterwinde, wo habt ihr dessengleichen schon gesehen …*

Vielleicht glauben sie mir bzw. Grillparzer nicht mehr, denkt sie, und sie haben recht, ich träume ja auch nur. Was bleibt einem denn in diesen Zeiten. Wahrscheinlich gibt es schlechtere. Ja, sicher es gibt schlechtere

Zeiten, sie braucht nur in den Keller zu gehen und die rote Mappe zu holen und sie aufzuschlagen. Und sich in den knarrenden Lehnstuhl zu setzen und in den Briefen zu lesen. Doch sie scheut immer noch davor zurück.

Stattdessen beginnt sie, den knarrenden Lehnsessel mit Leinöl einzureiben. Die Gebrauchsanweisung auf der Flasche hat sie nochmals oder erstmals gelesen, und was sie las, überraschte sie. Demnach wäre das Leinöl auch ein Lebensmittel, d. h. *für Salate usw. zu gebrauchen*. Vielleicht hatte sie das falsche Leinöl gekauft, vielleicht gab es zweierlei Leinöle, eines für die Möbel und eines für den Magen, also ein Lebensmittel. Es scheint, als hätte sie bislang versucht, mit dem Lebensmittel den Sessel einzureiben, und nicht nur versucht, als hätte sie ihn auch eingerieben und würde ihn auch weiterhin einreiben. Der Lehnstuhl, eigentlich Lehnsessel, ganz richtig, es ist ein Lehnsessel, denn Sessel haben Armlehnen und Stühle keine, so glaubt sie sich zu erinnern, ist ihr sehr wichtig. Doch das sind ja fast schon philosophische Gedanken: In einem Lehnsessel mit Armlehnen sitzt man, um zu denken oder zu lesen, auf einem

Sessel sitzt man, um zu essen, also bei Tisch, oder um zu plaudern. Eigentlich mag sie das Wort plaudern nicht, Plaudertasche fällt ihr ein, plaudern hat etwas Kindisches, etwas Unernstes, etwas zwischen Unernst und Oberflächlichkeit. Eine Kindergartentante plaudert mit ihren Kindern, genauer gesagt, sie plaudert mit den Eltern der Kinder, es ist ein lockeres Reden, ein hemdsärmeliges oder eines im Schlafrock, eines mit den Nachbarn im Stiegenhaus. Das könnte sie sich vorstellen. Ein Plaudern im Stiegenhaus mit einer Nachbarin – plaudern ist weiblich –, kann man sich vorstellen, dass man mit einem Mann, oder gar einem Herrn, plaudert? Nein, mit einem Herrn spricht man, weder plaudert man mit einem Handwerker noch mit einem Rechtsanwalt. Es hängt also am Beruf, mit wem man plaudert und mit wem man spricht. Vielleicht hängt es auch mit dem gesellschaftlichen Gefälle zusammen. Sie merkt, dass sie der Lockdown schon der gesellschaftlichen Gepflogenheiten entwöhnt hat. Neulich begegnete ihr im Stiegenhaus eine junge Frau mit einem Kinderwagen, die ihr noch nie im Stiegenhaus begegnet war, und obwohl sie noch im Morgenmantel oder Schlafrock war, konnte sie nicht umhin, in den Kinderwagen zu schauen und ein »Ach wie süß! Mädchen oder Bub?« hineinzusäuseln. Es war ihr in dem gewissen Alter, in dem sie sich befindet, zur Gewohnheit geworden, in Kinderwägen zu blicken und ein Baby zu bewundern. Früher, als sie noch viel jünger war, tat sie das auch, aus Höflichkeit, denn Mütter freuten sich, wenn man ihr Baby süß fand. Doch heute: Die Frau riss den Kinderwagen mit einem plötzlichen Ruck von ihr weg. Sie schaute der jungen Frau verblüfft nach, die sich eiligst mit dem Kinderwagen entfernte und sich nochmals umdrehte und »Maske« zischte. Dann beugte sie sich noch im Laufen vor, kroch im Weglaufen in den Kinderwagen hinein und kontrollierte offenbar, ob sich an ihrem Baby nicht schon ein Virus zu schaffen machte. Diese Geschichte ist nur leicht übertrieben, jedenfalls ist sie so geschildert, wie sie sie empfand: zurückgewiesen, enttarnt als Gefährderin. Das schmerzte sie. Und es tat ihr leid für die junge Frau und sie tat sich selbst leid. So sind die Zeiten. So werden die Menschen.

Sie ist schon alt, sie hat es sich lange nicht eingestehen wollen, doch seit einiger Zeit klappt es mit einem gewissen sadistischen Stolz.

Sie wollte ihre jetzige Arbeit Novelle oder Roman oder Erzählung nennen, doch wahrscheinlich wird es wieder Roman heißen. Das kommt daher, weil niemand mehr Novellen kennt, und auch weil niemand mehr Grillparzer kennt. Franz Grillparzer. Ja, sie weiß, dass sie altmodisch ist, doch man müsste den Kindern in der Hauptschule oder im Gymnasium erzählen, wie glücklich einen das Lesen von Novellen macht. Mit zehn Jahren hat sie die Novelle »Der arme Spielmann« gelesen, aus freien Stücken, nein, nicht ganz, aber sie hatte festgestellt, dass Franz Grillparzer seinen Geburtstag am 15. Jänner hat. Das ist auch ihr Geburtstag. Seither hat sie ihn zu ihrem Dichtergott gemacht, muss sich allerdings heute noch eingestehen, dass sie den »Armen Spielmann« las, wie sie eine ungeliebte, aber gesunde Karfiolsuppe verzehrte. Die zweite Grillparzer-Novelle, »Das Kloster bei Sendomir«, hingegen fand sie spannend, doch von dieser Novelle redet heute keiner mehr. Der Vergleich mit der Suppe ist möglicherweise irreführend, sofern jemand sich überhaupt von einer Grillparzer-Novelle in die Irre führen lässt. Doch sie fürchtet nicht die Irre, sie fürchtet das Desinteresse. Eigentlich fürchtet sie gar nichts, auch nicht das Desinteresse, obwohl der Titel »Der arme Spielmann« vielleicht manche zum Buch greifen ließe, denn wer ist heute nicht ein armer Spielmann? Oder eine Spielfrau? Sie hat sich in ihren Gedanken verirrt, der Fluss ihrer Gedanken hat sie ins Unwegsame gebracht. So einen Fluss kann man nicht immer kontrollieren. Und doch glaubt sie fest, dass älteren Schülern heute das Novellenlesen gefallen könnte. Anstatt der Märchen für die Jüngeren. Ich bin keine Lehrerin und manche mögen glauben, dass ich mich in die Lehrpläne der Schulen einmischen möchte, denkt sie. Weiß Gott, das möchte sie nicht. Doch vielleicht darf man noch Überlegungen anstellen. Eigentlich lediglich, um den eigenen Verstand ein bisschen zu lockern, in Gang zu bringen. Das darf man nicht wörtlich nehmen, einen Verstand in Gang zu bringen: Er ist erstens kein Motor und zweitens besteht die Gefahr, dass er dann nicht zum Halten gebracht werden kann. Und plötzlich fühlt man sich mit seinem Verstand im Wald, im Urwald, im Dschungel und findet nicht mehr nach Hause. Endlich war sie im Keller und durchsuchte ihre Papiere und Mappen und wurde schließlich fündig. Das ist eigentlich ziemlich altmodisch: »fündig«, überlegt sie. Wer will heute noch fündig werden, jeder will etwas gefunden haben, also, um es ganz klar zu machen, sie hat die Mappe gefunden.

Sie sagt gerne: Ich bin ja schon alt. Da ihr niemand widerspricht, muss es wohl stimmen. Eigentlich fühlt sie sich in ihrem Altsein irgendwie geborgen. Es entschuldigt manches. Man darf in Maßen vergesslich sein, auch seltsames Verhalten wird entschuldigt. Trotzdem soll man sich in seiner Vergesslichkeit nicht wie auf einer behaglichen Couch einrichten, denkt sie, es besteht die Gefahr, dass man sich von dieser Couch nicht mehr aufrichten möchte und vergisst, dass es außerhalb der Couch noch eine Welt gibt.

Sie setzt sich in ihren knarrenden Lehnsessel, um wieder zu Sinnen zu kommen, das ist auch der falsche Ausdruck, doch man muss sich im Alter auch irren dürfen, ich meine nicht die Sinne, sondern die Gedanken, den Gedankenfluss, korrigiert sie sich.

Ihr fällt ein, dass sie ihre Blumen zwei Tage oder so etwas nicht gegossen hat, das ist an sich eine Tätigkeit, die ihr lieb ist, zumal die Blumen gut gedeihen. Sie hatte noch nie eine Wohnung, in der die Blumen sich so lange frisch hielten. Es ist geradezu unheimlich. Zum Beispiel der Weihnachtsstern. Den hat sie vor Weihnachten, schon im November, geschenkt bekommen. Noch nie hat ein Weihnachtsstern – man kennt ja diese rotblühenden, harmlosen Winterpflanzen, die die Zimmer in den grauen Monaten um Weihnachten verfreundlichen – noch Ende März in voller Blüte ihr Wohnzimmer geschmückt. Es ist ein Wunder, denkt die alte Frau manchmal, und auch ihre Freundinnen sagen, das sei ein Wunder, mindestens außergewöhnlich oder ungewöhnlich. Schließlich erfuhr sie von irgendwem, dass Weihnachtssterne manchmal sogar jahrelang blühen. Sie entschied sich, nicht nachzufragen, wo angeblich dieser noch ungewöhnlichere Weihnachtsstern gesehen wurde. Sie glaubt nicht daran. Soll sie jetzt mit ihrem Weihnachtsstern mit der unbekannten Besitzerin oder gar dem Besitzer des angeblich noch ungewöhnlicheren Weihnachtssterns konkurrieren? Oder einen Briefverkehr beginnen? Jedenfalls kümmert sie sich um den Weihnachtsstern, nicht dass sie mit ihm spräche, so kindisch ist sie doch noch nicht – aber für die Zukunft schließt sie nichts aus. Die alte Frau hat sich Abwechslung für ihn und für sich ausgedacht, damit er nicht immer auf demselben Platz stehen muss. Anfänglich gefiel er ihr besonders auf dem kleinen Marmortisch im Wohnzimmer, dann stellte sie ihn auf den Esstisch und später in der Küche auf die Anrichte. Überall nahm er sich ausgesprochen gut aus. Auch im Arbeits- und im Schlafzimmer gefiel er ihr, vielleicht genoss auch er die jeweils neue Umgebung. In letzter Zeit hat die alte Frau die Weihnachtsblumengeschichte gelegentlich am Telefon erzählt, ihren Freundinnen und Verwandten. Sie merkte jedoch bald, dass ihnen die Geschichte bekannt war und dass sie sie damit langweilte. Also beherrschte sie sich und behielt die Nachrichten von der Weihnachtsblume für sich. Im August rief Dori aus Leonfelden an, von ihr hatte die alte Frau eine Weile nichts gehört, und erkundigte sich nach dem Weihnachtsstern. Wahrscheinlich will sie mich lächerlich machen oder veräppeln, dachte die alte Frau und sagte: Ach, der Weihnachtsstern, der ist ja nicht mehr bei mir. Doris Stimme tat erschrocken: Um Gottes Willen, ist er eingegangen? Nun, es war ja auch an der Zeit. O nein, sagte die alte Frau mit froher Stimme, o nein, meine Nachbarin pflegt ihn nun. Deine Nachbarin?, fragte Dori ungläubig. Sie hatte ihr nie von einer Nachbarin erzählt. Welche Nachbarin? Du kennst sie nicht, sie lebt in Deutschland. Und die pflegt den Weihnachtsstern in Deutschland? Ja, eine gute Freundin in Deutschland. In Deutschland? Du kennst sie nicht, wiederholte die alte Frau. Ja, in Freiburg, auf dem Grab meines Mannes, sie hat mir den Vorschlag gemacht und ich habe sofort zugestimmt und nun telefoniere ich täglich mit meiner Freundin in Deutschland – In Deutschland?, unterbrach sie die hiesige Freundin Dori, ja, in Deutschland, und sie bestätigt mir, dass er am Grab meines Mannes wohl gedeiht. Zu Ostern und erst recht zu Weihnachten. Das ganze Jahr. Die Freundin schwieg, die alte Frau glaubte ein heftiges Atmen am anderen Ende der Telefonleitung zu vernehmen. Dann hörte sie leise: Dann ist es ja gut. Ja, sehr gut, antwortete die alte Frau fröhlich. Eine andere Freundin rief ins Telefon, ein Wunder. Das hielt sie dann doch für übertrieben.

Heute ist ein Tag, an dem man an der Donau entlanggehen könnte, sie hatte es sich vorgenommen, doch jetzt ist es zu spät, morgen, vielleicht. Der Balkonnachbar meint, sie solle es nicht verschieben, doch der heutige Tag ist schon verschoben. Der Balkonnachbar geht immer früh los und läuft die Donau entlang. Wie lange, weiß sie nicht. Er läuft nämlich wirklich, die alte Frau hat oft noch das deutsche Idiom im Kopf, die Deutschen laufen, wenn sie gehen. Wenn sie laufen, sagen sie auch laufen. Das könnte zu Missverständnissen führen, doch nur, wenn man mit der Sprache nicht vertraut ist. Das Wort Laufen braucht sie für ihren Alltag eigentlich nicht, zumindest selten. Sie geht zum Bäcker; zum Bäcker läuft sie nur, wenn sie eine Straße mit Autoverkehr überquert. Ohne Auto und Motorradverkehr etc. geht sie, vielleicht rasch oder langsam, aber sie läuft nicht.

Auch der heutige Tag ist schon verschoben. Es gilt die Sommerzeit. In der Sommerzeit müssen die Uhren umgestellt werden, also richtiggestellt. Das ist kein Problem bei den analogen, doch bei den digitalen ist es schwierig, eine stundenlange Tortur. Das Schlimmste ist die Uhr auf dem Herd. Deren Zeitumstellfunktion hat sie bis heute nicht kapiert. Sie könnte auf ihren Sohn warten, der macht das flugs, denkt sie. Doch sein Kommen ist unbestimmt, mal kommt er früher, mal kommt er später, mal öfter, mal seltener. Bislang gab es eine Anleitung für die Uhr am Elektroherd, mit Hilfe dieser Anleitung gelang es ihr manchmal nach längerer Zeit, die Uhr auf die richtige Zeit umzustellen, worauf sie stolz war. Diesen ihren Erfolg teilte sie ihrem Sohn bei Gelegenheit mit, als Beweis, dass sie noch richtig im Kopf, d.h. digitalisch, denken konnte. Er nickte dann immer wohlwollend. Immerhin sagte er nicht, da ist ja nichts dabei. Doch heute war es schwieriger, denn sie fand die Anleitung für den Elektroherd nicht mehr an dem Platz, an dem sie sich zu befinden hatte und an dem sie sich jahrelang befunden hatte. An allen Sammelstellen für die Gebrauchsanweisungen ihrer Geräte suchte sie vergeblich. Es war eine lange Suche und der schöne Nachmittag, an dem sie endlich die Donaulände auf und ab spazieren wollte, ging zur Neige. Endlich entschloss sie sich, nicht mehr zu suchen, und versuchte mit verbissenem Ehrgeiz, aber auch mit wachsender Verzweiflung der digitalen Uhrzeit Herr zu werden. Sie drückte auf alle möglichen Stellen (zum Drücken gab's ja eigentlich nichts, aber man versucht es trotzdem aus alter Gewohnheit), an die sie sich erinnerte, länger und kürzer, fester und leichter, doch als sie glaubte oder hoffte, jetzt würde es klappen, und die Finger beider Hände, also alle zehn, von der tastenlosen Glasleiste zurückzog, sprang die Zeit mit ihren Stunden, Minuten und Sekunden zurück ins längst Vergangene. Sie beschließt, nicht weiter zu erzählen, wen sollte ihr verzweifeltes Hantieren, Wischen, Klopfen auch interessieren. Dennoch gelang es ihr nach drei geschlagenen Stunden aus unerfindlichen Gründen, die Zeitangabe richtig zu stellen und haltbar zu machen – bis auf eine Minute. Und um eine Minute würde sie sich nicht mehr kümmern. Ich habe für dieses Jahr das Digitale besiegt, dachte sie.

Auch von anderen Menschen, die sich im Lockdown befinden, hatte sie Seltsames gehört. Oder vielleicht gar nicht so Seltsames. Nur für sie war es seltsam. Die Leute beginnen zu kochen, fotografieren ihre Speisen und schicken sie schön und appetitlich garniert per Whatsapp in die Welt. Auch die alte Frau bekam von einer Freundin immer wieder solche Lockspeisen (von Lockdown) geschickt. Die Freundin arbeitet im Homeoffice, doch nicht als Köchin, sondern als Ehefrau. Die Speisen schweben digital über die Grenze aus der Schweiz nach Österreich. Doch die alte Frau konnte sich leider nicht revanchieren. Sie kocht nicht, sie wärmt nur auf. Allerdings antwortete sie auf jede Speisenbotschaft mit Bewunderung oder Entzücken. Das gehört sich so, man darf ja im Lockdown nicht alle gesellschaftlichen Umgangsformen vergessen.

Heute hat sie die rote Ledermappe im Keller zwischen allerhand zerschlissenen alten Zeitungen entdeckt, die möglicherweise auch nicht uninteressant wären, doch sie darf sich nicht zerstreuen, hat sie beschlossen. Sie merkt, wie sehr sie die Vergangenheit beschäftigt.

Es ist eine glatte, rotlederne DIN-A4-Mappe, noch gut erhalten. Kopierte, meistens hand-, seltener maschinengeschriebene Briefe, mehrfach kopiert, sind darin gesammelt. Der erste Brief, der ihr in die Hände fällt, ist undatiert, er stammt von Paula, der Goldschmiedin. Sie hatte, soweit es möglich war, vor ihrem Abtransport vieles in sichere Hände übergeben, vor allem in die Hände von nichtjüdischen Freundinnen, sofern es ihr nicht gelungen war, ihren bereits nach Amerika geflohenen Verwandten Päckchen zu schicken.

Der Brief ist nicht datiert.

Liebe Oma

Ich muß so viel an voriges Jahr denken, an die Weihnachtszeit, die ich so schön bei Euch verbringen durfte. Heute ist nun alles gekommen, was ich so lange vorausgesehen habe, es war wirklich das letzte Mal, daß ich bei Euch war. Diese Wochen haben wir Schreckliches erlebt u. wenn es auch noch einmal für uns vorübergegangen ist, so ist es doch für die Be-

troffenen schrecklich u. für die Zurückgebliebenen mit. Die armen Menschen haben nun keine Betten mehr, in denen sie schlafen können. (…)

Paulas nächster Brief war an ihre Schwester Lilly gerichtet, die die Emigration nach Amerika geschafft hatte.

Liebe Lilly, 20. 7. 1941
Ich will wieder einmal schreiben, wer weiß, wie lange wir uns noch auf diese Weise unterhalten können. Deine Briefe, Liebes, für mich und Mutter habe ich nachgeschickt bekommen. Mach Dir doch keine Gedanken darüber, daß Du etwas versäumt hättest. Ich habe Dir so oft geschrieben, daß es eben Schicksal ist, daß nun das wegen des Geldes dazwischen gekommen ist, das hat an der ganzen Sache nichts mehr geändert, deshalb wären wir doch nicht dran gekommen, und wenn es doch gereicht hätte, wäre es ja gerade ein Wunder gewesen, da ich ja sowieso nicht so bald hätte rechnen können. Also laß das Vorwürfe machen ruhig bleiben. Du hast gar nichts versäumt und ich

habe Dir bestimmt gar keine Vorwürfe gemacht…

Haigerloch, liebe Oma
Du mußt schon entschuldigen, daß ich erst jetzt schreibe. Ich habe mich schrecklich gefreut mit Deinem lieben Gruß. Ich kann ihn sehr gut gebrauchen, und Du bist so gut. Ich danke Dir recht herzlich dafür. Ob einmal die Zeit kommen wird, daß ich auch Dir einmal wieder eine Freude machen kann? Ich komme mir so merkwürdig vor, daß ich immer gezwungen bin zu nehmen, und gar nicht mehr geben kann.

Man ist doch in einer sehr traurigen Lage. Dein Besuch war auch so lieb, und ich hoffe, daß er Dich nicht so sehr angestrengt hat. Nochmals vielen Dank für alles. Besuche doch noch einmal Fräulein Dr. Es ist ihr diesmal nicht gut gegangen, und sie ist gleich wieder abgefahren. Es war ein bißchen aufregend. Die Hauptsache ist, daß es weiter keine Folgen hat. Es ist ja schade, daß sie nicht mehr hierherkommen kann, aber sie hat es auch zu viel gemacht. Es ist traurig. Unsere Sense hat uns auch besuchen wollen, am 2. Mai, da sind aber so viele Züge ausgefallen, weil diese anscheinend nur werktags fahren, bis Hechingen ist sie gekommen, dann hat sie gewartet, und dann ist sie wieder zurückgefahren. So geht es heute. Und wie wird es uns noch weiter gehen? Aber auf jeden Fall haben wir uns einmal gesehen, und darüber freu ich mich, und die andern auch. Grüße alle recht herzlich von mir, wie gerne wäre ich auch bei Euren gemütlichen Sonntagnachmittagen dabei. Von Lilli kam auch ein Brief vom 1. Dez. Aber er löst nur Trauer aus. Sie hat sich so bemüht, daß wir noch wegkommen, und wie sie da noch daran glaubt, daß es doch noch geht. Es wird mir immer ganz weh ums Herz, wenn ich an ihre Freunde denke, die nun ganz wo anders sind, als man sich gedacht hat. Wenn sie nur wieder ihre Kinder zu sehen bekommen, die nun ganz wo anders sind. Aber wie soll das gehen? Nun lebe wohl, bleib gesund. Jetzt könnt Ihr doch wieder in den Garten. Grüße Deine Schwester, und die Freunde alle

Deine P.

Meine Schürze ist wunderschön und steht mir gut u. nochmals vielen, vielen Dank.

Liebe Oma,
Ich will Dir doch geschwind auch wieder schreiben. Wie geht es Dir? Es ist doch arg, wenn man gar nichts voneinander hört. Du mußt mir doch wieder schreiben, so wie du es immer machst. Wie geht es euch, Deiner Schwester, den anderen? Ich denke so viel an Euch. Wir müssen hier vieles leiden, d.h. bis jetzt immer die anderen, aber an jedem Leiden nimmt man teil. Die Freundin, die zur selben Zeit wie ich damals Besuch hatte, wurde verhaftet und ist nun schon 3 Wochen weg. Man weiß nichts von ihr, so ein guter aufopfernder Mensch. Und dabei sehr leidend. Und uns fehlt sie, weil sie treu war und ist. Und morgen müssen einige schwer Kranke ihre Heimat verlassen, wie deren Schicksal sein wird?

Von Liebels kam, ein kleiner Lichtblick, ein großer Brief an seine Mutter. Sie sind nicht mehr bei den anderen, dort ist es ihnen und den anderen auch sehr schlecht gegangen, jetzt geht es etwas besser, da er in seinem Beruf Arbeit gefunden hat, die Bezahlung beträgt aber den 4ten Teil, was sie brauchen. Aber sie leben wenigstens. Wir rechnen natürlich auch bestimmt mit diesem Los und warten darauf, wann es kommen wird.

Also schreib mir bald einmal gelt? Grüße alle, hoffentl. seid Ihr alle gesund: Eva, Walter usw.

Deine P.

Dr. J. muß wahrscheinlich als Krankenbehandler nach Eschenau. Uns tut das nat. sehr leid. Er hat mir viel geholfen.

Haigerloch, 1. Okt. 1941
Liebe D., heute ist hoher Feiertag, dadurch habe ich endlich einmal Zeit zum Schreiben und endlich will ich einmal Deinen lieben Brief vom 4. VII. beantworten. Es ist Zeit, daß ich dies tue. Es kommt eben so viel zu erledigen, daß ich einfach nicht zum Schreiben komme. Heute sitze ich nun die ganze Zeit ununterbrochen am Briefe schreiben. Du kannst Dir denken, daß mich in erster Linie interessiert, was Du von Jowo hörst, daß ich dauernd an ihn denke und hoffe, daß es ihm gut geht. Schreib doch bitte, was Du von ihm hörst. Den Hepp. habe ich auch geschrieben und Maria auch. Bei ihnen scheint es auch knapp zu werden und sie scheinen den Anschluß auch zu spüren allmählich. Ich bin für Herbert froh, daß er wenigstens in der Wahl seiner Frau so vernünf-

tig war. Es ist doch besser so, er kann dort besser arbeiten. Hier ist der Orden nicht ganz so lästig. Aber die schönen großen Spaziergänge haben auch für mich aufgehört. Es ist landschaftlich sehr schön hier, wenn auch nicht ganz so schön wie in Gundelfingen. Aber eine herrliche Luft. Mein Zimmer ist nun auch nett geworden, mit wenig Mitteln, wenigstens doch ein bißchen, daß man sich gern drin aufhält, vorausgesetzt, daß man Zeit dazu hat.

Tante Lies ist nun an Ort und Stelle wohlbehalten bei ihrer Schwägerin und Cousine und fühlt sich nun dort zuhause. Mutter ist nun allein in Stuttgart und wir dürfen nicht mehr ohne Genehmigung reisen. Das macht mir Sorgen. Außerdem weiß man ja nicht, ob alle dort wegmüssen. Ein Teil muß schon weg u. es ist anzunehmen, daß alles weg muß. Da diese hierherkommen, wäre es mir recht, wenn Mutter dabei wäre. Aber sie kann sich nicht entschließen vorher wegzugehen, eh sie ausgewiesen wird, und dann ist sehr fraglich, ob sie hierherkommt. Man wird einfach dazu bestimmt, wo man hin muß. Ob dies dann das letzte ist, glauben wir auch nicht, sie werden uns alle miteinander doch irgendwo hin bringen, wo es kalt und hungrig zugeht, obwohl einem dies auch schon hier passieren kann. Lilly geht es gut. Sie versucht immer noch alles, um uns nach drüben zu bekommen, u. Mutter läßt die Hoffnung dazu nicht sinken, ich weiß nicht, was ich sagen soll, es hat schon oft so ausgesehen u. ist dann wieder gegangen, aber es kann auch einmal ganz aufhören, u. das könnte gut jetzt sein. Wie geht es Dir denn dort. Das ist auch kein reines Vergnügen dort? Wie geht es Ma? Grüße ihn von uns zwei und sei Du ebenfalls recht herzlich gegrüßt Deine P.

Schreib doch Jowo viele Grüße von mir und ich würde viel an ihn denken. Er soll machen, daß er kommt, wenn er auch ein bißchen krank ist, wenn er nur auf diese Weise herauskommt.

9. August 1941
Meine Liebe Lilli! Dir noch einen besonderen Gruß, auch von Dir kam gar nichts mehr die letzte Zeit, aber Mutter und Paula schreiben und sie hatten ja auch noch Post. Mein Liebes, ich kann mir so recht denken, wie traurig du bist, daß nun wieder nichts aus den Plänen wird und es war schon alles so weit vorbereitet.

Aber muß man sich nicht immer wieder sagen, alles ist vorbestimmt – laß uns noch weiter in Geduld fassen – einmal muß es doch wieder anders werden! Behalte Du den Kopf oben – laß es Dir gut gehen. Es wäre schön, wenn Du bald einmal Arni sehen würdest, jedenfalls, wenn Du mit ihm in Verbindung kommst, dann grüße sie alle, und gratuliere ihm zum Geburtstag, sag, daß wir ihn nicht vergessen haben, aber die Adresse nicht haben.

Unsere 14 Tage Ferien waren schön und Be konnte sie recht genießen, weil sie doch glücklich versetzt war. Das Wetter war auch ganz schön, jetzt hier in der Stadt wurde es schlecht und kühl. Bei schönem Wetter fahren wir nochmal weg, da Be's Ferien noch bis Anfang September dauern. Hier beschäftigt sie sich mit den Fächern, worin sie nicht so gut steht, und spielt Klavier. Unter Anleitung von Lenchen muß sie auch stopfen und flicken, damit sie das wenigstens etwas kann, Lenchen behauptet, sie würde sich gar nicht ungeschickt anstellen. Um unseren armen Jockel sorgen wir uns wohl alle, wenn er doch nur erst bei seiner Mutter wäre. Wie lange mag das noch gehen, manchmal ist man zuversichtlich, dann wieder weniger. Na wir müssen abwarten.

Verschiedene unserer Freunde hier sind nun in Ferien, aber noch genügend hier, sodaß die Abende meist besetzt sind. Wir freuen uns so sehr, wenn wir jetzt nochmals aufs Land können, es ist ein so anderes Leben. Der Garten dort ist auch schön und die Heide nah, auch Rad fahren tu ich nun wieder, sodaß ich verschiedene kleine Touren mitmachen konnte. Der Hausherr ist sehr nett und sooo gastfreundlich, man könnte es sich nicht netter wünschen. So gibt es doch immer wieder was Schönes, wenn auch manche Sorge einen drückt.

Mein liebes Lillichen, schreib uns bald mal wieder. Herbert gibt immer die Hoffnung nicht auf, daß plötzlich mal etwas Erfreuliches für uns kommt, aber so viel wir hören, sind die Bestimmungen von dort nun so, daß für mich ein Kommen unmöglich wäre oder – was weißt Du darüber??

Lebwohl und sei innig gegrüßt von mir, Dein Herbert und Maria,

auch von mir liebes Lillichen, Dein Herbert, Alles Liebe.

Alles Liebe und viele herzliche Grüße von Deiner Be

Stuttgart, 23. August 1941
Ihr Lieben, den letzten Tag meines Urlaubs will ich noch dazu benützen, um euch doch wieder einmal zu schreiben. Euern lieben Brief, Ihr beiden, habe ich noch in H. erhalten und mich sehr gefreut damit. Heute kam Dötzens Brief, und ich kann nun alles miteinander beantworten. Daß hauptsächlich die Gedanken sich mit Jowo beschäftigen, auch wenn man so lange nichts von ihm weiß, könnt Ihr Euch denken. Dein Brief, liebes Dötzchen, kann auch nicht zur Beruhigung beitragen, aber man kann eben nur hoffen. Du hast recht, man glaubt manchmal nicht mehr aushalten zu können, daß man so lang von seinen Lieben getrennt sein muß, mir geht es auch so mit unseren Dreien. Manchmal meine ich, jetzt geht es nicht mehr. Und trotzdem muß man auch so weitermachen, aber wie. Ich habe jetzt einfach genug von allem. Ich habe hier 14 Tage verbracht, Mutter kommt ganz gut allein zurecht. Aber es ereignet sich ja alle Tage etwas Unangenehmes, sodaß man keineswegs beruhigt weg geht. Es kann z.B. sein, daß man seine Wohnung innerhalb 8 Tage verlassen muß. Und eines Tages wird Mutter auch drankommen. Aber man kann sich ja nicht vorbereiten darauf. Es

hat mir leid getan, daß ich Dir nicht schreiben konnte, daß ich 14 Tage hier bin und Du oder Ihr uns besuchen hättet kommen können. Aber aus D.s Brief sehe ich, daß dies gar nicht gegangen wäre. Aber Ihr könntet mich einmal in H. besuchen. Vielleicht ist es gar nicht so schwer zu erreichen für Euch, und eine nette Abwechslung. Da H. Luftkurort ist, gibt es gute Unterkunftsmöglichkeiten. Während ich hier war, gab es zwei gestörte Nächte, und jedesmal bin ich froh, daß ich Euch dort oben so sicher weiß Das letzte Mal, Dotz muß diese ja miterlebt haben, habe ich die ganze Zeit die Einschläge gehört. Und wo dies war, muß es fürchterlich gewesen sein. Bei uns in H. gibt es dies auch nicht. Und ich würde mich sehr freuen, Euch wieder einmal zu sehen. Wie die Verbindung dorthin ist, weiß ich auch nicht, aber es ist ja eigentlich auf dem Wege. Immendingen Horb, umsteigen, Strecke Horb Tübingen. Eyach umsteigen, Eyach Haigerloch Hechingen. Also überlegt es Euch einmal – Das Wetter könnte für euch auch besser sein, Ihr werdet froh sein an der Kunscht, wie die Katzen, denen es in Mannheim gar nicht mehr gefallen würde. Wen habt Ihr denn jetzt oben? besuchsweise? Und geht Ihr wenigstens viel spazieren?

Gibt's Pilze? Habt Ihr was zu essen? Leider gibt es dies nirgends mehr im Überfluß, sodaß man nicht einmal etwas schicken kann. Tte. Lies ist ja gut angekommen und gut aufgehoben. Ich wollte, ich könnte dies auch von meiner Mutter sagen. Und Anni ist jetzt auch dort, sie schrieb uns von Lissab. aus und bat, Euch dies mitzuteilen, d. h., sie hat sich damit auch von Euch verabschiedet. Inzwischen haben wir von zwei Seiten berichtet bekommen, daß sie gut angekommen sind. Worüber sich Lilli sehr freut, da man sich dort anscheinend noch mehr freut, wenn man Bekannte dort hat, oder noch mehr mit Verwandten. Und L. wäre sehr froh, wenn sie uns dort hätte. Wir müssen auch immer etwas in dieser Sache unternehmen, aber man glaubt doch nicht daran, da der Weg, der gerade wenigstens, versperrt ist. Und außerdem wird mir ja immer die Tür vor der Nase zugeschlagen. Man könnte gespannt sein, wie alles noch kommen wird, aber auch für die Spannung fehlt mir nachgerade die Ausdauer. Wenn nur Jowo wieder zuhause wäre. Ich muß ja froh sein, daß ich eine Tätigkeit habe, und noch eine derartige dazu, aber bei den heutigen Verhältnissen ist dies auch sehr anstrengend, aufregend und unerquicklich, da man für alles Unzulängliche verantwortlich gemacht wird. Ich muß ja froh sein, daß ich, was das Mögliche anbelangt, der Sache ganz gewachsen bin, und dies überhaupt verstehe und kann, aber ich hätte mir doch nie einen Beruf ausgesucht, bei dem man es ausschließlich mit Menschen zu tun hat, seien es nun die Insassen oder das Personal. Solch ein Gegensatz zu meinem Beruf, und ich wäre dankbar, wenn ich diesem allem den Rücken kehren könnte. Dazu kommt noch, daß sich auch entgegengesetzt alles ums leibliche Wohl dreht, und daß es außer diesem gar nichts anderes in H. gibt. Ich habe zum Ausgleich Goethe, Hölderlin und Mörike dort, und wenn ich eine Pause habe, dann versuche ich mich damit zu trösten. Und an einem freien Nachmittag durch den einsamen Spaziergang. Die Gegend ist ganz schön, aber lange nicht so schön wie in meiner verflossenen Wahlheimat Gundelfingen. Aber da kann man gar nichts machen. Und muß noch so tun, als ob man zufrieden wäre. Wenn Ihr Lust habt, besucht mich. Was macht Hermanns Arbeit? Geht diese von oben auch zu erledigen? Oder müssen sie doch manchmal in die höllische Stadt fahren? Monika wird nun doch beruhigt sein, daß sie dort oben sein kann? So eine Nacht muß schon toll sein, mir wäre Angst, wenn diese auch hier so käme. Aber warum nicht? Also laßt mich nicht so lange warten wie ich Euch, schreibt mir bald, die Adresse war recht, und seid alle recht herzlich gegrüßt von Eurer P.

29. August

Inzwischen ist der Urlaub wieder hier vorbei. Schreib mir doch bitte bald, Liebes, gell? Bald.

– – – – –

Stuttgart, 25. Juni 41.

Meine liebe Lilli, – So nun haben wir den Salat angerichtet bekommen, aber schmecken tut er nicht gerade gut. – Du brauchst aber nicht zu meinen, wir sitzen da und heulen – weit gefehlt – das Leben geht unentwegt weiter, wenn auch nicht sehr angenehm – aber darum werden wir ja nicht gefragt. Alles muß verdaut werden können, fragt mich nur nicht wie –. Also im Haus ist vorläufig noch der Status quo – und wir hoffen, daß es noch eine Weile so weitergehen wird – obwohl wir gar nichts wissen können. Jella's müssen aus der Wohnung und es ist bitter schwer etwas zu finden, so daß ich ihnen den Notbehelf mit 1 Zimmer bei mir und einem bei Fr. Fischer als letzten Ausweg angeboten habe, daß sich dieser Zustand nicht gerade günstig auf ihren Zustand auswirkt, kannst Du Dir denken, es geht bei ihr nun nahe an der Melancholie vorbei, so daß es auch für mich ein Opfer bedeutet, sie aufzunehmen – aber ich sehe sonst keine Möglichkeit, sie unterzubringen. Seit Ilse W. weg ist, hat sich allerlei getan, auch in den Heimen, so daß die Sachlage weit schlechter geworden ist und gar nicht mehr mit dem Stand damals verglichen werden kann, Paula hat es auch nicht leicht – keine der Leiterinnen. Und erst die Insassen – na darüber will ich schon gar nicht reden. Tante Lies ist also noch mit dem letzten Zug weggekommen und Du wirst schon von ihr gehört haben, aber auch sie weiß nicht alles, da jeder Tag etwas anderes bringt. So nun kann ich zur Tagesordnung übergehen und Deinen Brief beantworten, soweit ich es kann, da denselben Paula hat, der ich ihn geschickt habe. Ich fühle mich allein ganz wohl – ohne Mina – und besorge mir auch alles allein und bis jetzt geht es recht gut, und ich hoffe auch, daß es so weiter gehen wird – allerdings nur, wenn es so bleibt. Daß Du nun für absehbare Zeit gut untergebracht bist, ist für mich eine große Beruhigung und ich hoffe, daß Fr. W. inzwischen glücklich bei Euch angekommen ist. Es ist ja alles sooo unsicher. – Die eingelegten Briefe habe ich sofort befördert. – Wir haben nun auch tropische Temperaturen, so daß ich mir ungefähr die Euren vorstellen kann – wenn es so bleiben würde. Hilde ist für 14 Tage in Urlaub und ist natürlich sehr betrübt darüber, daß es so nahe vor der Erfüllung wieder, zu Wasser geworden – es ist auch wirklich ein übles Verhängnis!!! – Ob Theo, der auch noch näher dran war, noch fortkommt, ist auch noch sehr fraglich, und so geht es noch vielen, auch Fr. Bessag, nach der Ilse W. in dem Brief an Liese H. gefragt hat, sitzt noch hier und jammert ob ihres Peches. Hast Du an Irma Grieb geschrieben, ich weiß, daß man von dort Kaffee schicken kann – allerdings dauert es auch eine halbe Ewigkeit, aber einmal kommt er an. Und dort ist er doch soo billig. Versuche es doch, wenn es nichts ist, dann eben nicht. Paula sagt immer, das sei der einzige Trost in unserem Dasein, aber wenn man keinen hat, was dann??? Trotz allem nehme ich meine

Englischen Stunden, noch so lange, bis ich sehe, daß es unnötig ist. Manchmal finde ich es wirklich blöd, daß ich mich in meinem Alter noch mal so plagen muß, wo es doch nie meine Lieblingsbeschäftigung war. Fanny erscheint als mal und bringt Eis von der Fabrikation –. Aber den Jägersleuten geht es prima, Dank seiner Freundschaft mit H. G., sie hätten immer zu tun. Ja, ja. – Von Maria habe ich ein Päckchen bekommen, sie ist wirklich rührend, von Jowo weiß ich nichts und vermute, daß es ihm nicht gerade besonders gut geht. Hermann und Else sind in Hepp. Dort können sie in Ruhe leben, das Haus von Köbes hat Hermann auch übernommen und weiter vermietet, die Besitzerin ist gestorben. Ich glaube, daß dies einer der letzten Briefe ist, der Dich erreicht!! – Ich habe es Dir schon im vorigen Brief gesagt, daß ich glaube, daß die Fäden abgerissen werden, die uns mit dort verbinden, siehe da – schon scheint es so zu kommen. – Nun leb wohl, mache Dir über uns keine Sorgen, erstens hilft es nichts und nützen tut es auch nichts, weil wir dem Schicksal nicht in den Rücken fallen können – und leben müssen, wie es kommt. Hoffentlich hast Du Dein Geld alles restlos bekommen, das wäre mir ein Kummer, wenn du es nicht bekommen würdest. Das sauer verdiente Geld!! – Nun aber weiß ich nichts mehr. Leb wohl, und lasse es Dir gut gehen – vielleicht sehen wir uns doch wieder. In Liebe Deine Mutter

Grüße an die Damen Wolf

Haigerloch, Frühjahr 1942
Liebe Oma, Schon lange wollte ich Dir schreiben und Dir für Dein liebes Gedenken und Deine Fürsorge danken. Ich schicke Dir den Muff wieder, weil wir keine Pelze mehr besitzen dürfen und ich ihn nicht preisgeben möchte, u. weil ich ihn jetzt nicht mehr brauche, es geht doch endlich dem Frühling entgegen. Wie gerne möchte ich wieder mit Euch plaudern u. sehen, wie es Euch geht, Euch allesamt u. sonders, die Kinder mit inbegriffen. Wer weiß, ob dies noch einmal möglich ist? Es sieht nicht so aus. Und ich muß froh sein, daß ich Euch noch schreiben kann. Dr. J. kommt auch hierher, ich weiß nicht, ob ich Dir seine Adresse schrieb: Gustav Siegle Str. 3 bei Löb. Ich hab mich ja so über Dides Besuch gefreut. Es war wirklich lieb von ihm, in der kurzen Zeit seines Hierseins auch noch zu mir zu kommen,

aber Du kannst Dir denken, wie dankbar man heute ist u. wie wohltuend so etwas auf einen wirken kann. Wir haben immer noch Schnee, dieses Jahr war es besonders viel, aber man merkt gar nicht, wie schnell die Zeit vergeht, und beachtet kaum, was um einen vor sich geht. Nun kommt schon der März, also von diesem Jahr schon ein Viertel Jahr weg, ohne daß man irgend ein Lebenszeichen von ihnen gehört hat. Man weiß nicht, ob sie noch leben und wie es ihnen geht. Und man weiß nicht, was mit uns noch geschieht. Bei Euch wird das Leben seinen gewohnten Gang gehen. Hoffentlich arbeitet Ihr nicht zu viel. Wie schön war es doch bei Euch und wie dankbar bin ich heute noch, daß ich die schöne Musik habe hören dürfen und daß man keine Mühe gescheut hat, mich daran teilnehmen zu lassen. Hier gibt es ja nichts Derartiges mehr. Ich lebe nur noch von der Erinnerung an das Genossene. Und bin dankbar für alles Schöne, das ich gehabt habe. Ich hätte nicht gedacht, daß man davon auch noch zehren kann, wenn es längst vorbei ist. Ich habe immer gesagt, man lebt nur in der Gegenwart. Heute habe ich anders denken gelernt. Wenn einem die Gegenwart gar nichts sein kann, ist man dankbar für alles Schöne, das man einmal genießen hat dürfen, und ich bin es, für alles. Sicher habe ich viel Schönes gehabt, wenn ich nur an Gundelfingen denke. Daneben kommt aber auch die Sehnsucht, nach seinen Lieben, hauptsächlich nach denen, bei denen ich war. Mit meiner Cousine habe ich mich so gut verstanden und ich habe richtig Heimweh nach ihnen und nach Euch und denen in Hep. Von Jowo haben wir schon lange nichts mehr gehört, hoffentlich geht es ihm gut. Seine Mutter hat jetzt geheiratet, sicher war es eine traurige Feier ohne ihre nächsten Lieben. Wenn nur wenigstens Jowo hätte dabei sein können. Was macht Walter, hoffentlich kommt gute Nachricht von ihm. Man bangt um alle Guten. Wie gerne möchte man sie alle bald wieder sehen.

Ich grüße Euch alle, das ganze Haus, und danke nochmals für alle Liebe und Güte, die Ihr mir habt widerfahren lassen. Auch für die Beigaben, die Rick mir brachte, und ihm auch für seinen lieben Besuch. Sicher war das holl. Päckchen von ihm und er hat es sich vom Mund abgespart. Es tut mir so leid, daß ich ihm so gar keine Freude machen kann. Ich vergaß ganz ihn zu fragen, ob er nicht zu den Freunden nach Hepp. fahren will. Diese wür-

den sich freuen, wenn er käme. Haben sie nicht geschrieben? Euch allen nochmals liebe Grüße auch Herrn Doktor und Fam Esch von Eurer P. und wenn möglich ein ausführlicher Brief über alles, Befinden der Anwesenden und der Abwesenden. Eva ist natürlich mit eingeschlossen. Ob sie nicht einmal die hiesige Gegend betrachten will? Mutter geht es ordentlich. Sie fühlt sich hier ganz wohl, hat sich gut eingelebt, u. ich bin froh, daß sie hier ist. Sie läßt vielmals grüßen.

Haigerloch 1
Liebe Oma!
Unser Schicksal ist besiegelt. Wir kommen Mittwoch 19.ds. fort und zwar angeblich nach Theresienstadt – ganz geschlossen. Ich bitte Sie, mir umgehend als Eil und eingeschrieben das Ihnen seinerzeit übergebene Päckchen zu senden, ich fürchte nur, es kommt zu spät und ich bräuchte es bitte nötig. Wenn es vielleicht der junge Holländer persönlich bringen könnte? Kosten bestreite ich!

Es sind knappe 4 Tage, was muß alles getan sein!

In größter Eile u. herzl. Gedenken
Ihre Clara Straus
Paula läßt grüßen.

[*Abschiedsbrief von Tte. Clara*]
Haigerloch 17. August 1942
Meine lieben Zwei!
Da unsere Reise bevorsteht, will ich noch rasch einen Auftrag erledigen. Ich habe die Adresse von Dotz verloren, wollen Sie so gut sein u. dieselbe an Herrn Otto Barthel, Tapeziermeister, Stuttgart, Kriegsbergstraße senden? Der Mann weiß, um was es sich handelt. Lebt beide wohl! Wir sind gefaßt u. keineswegs beschwert.
Komme was mag.
Mit herzlichen Grüßen Tante Clara

[*Abschiedsbrief von Paula*]
Hauptplatz: Haigerloch 17. 8. 1942, 10-72
Meine lieben Beiden, nun ist der Würfel auch für uns gefallen u. unser Todesurteil geschrieben. Am Mittwoch, heute ist Samstag, soll es losgehen, nach Theresienstadt, unser ganzes Heim. Eine Vergünstigung bzw. »Glück« soll es sein, daß auch die Jüngeren, die man zur

Versorgung der Alten braucht, dahin kommen, die anderen Jüngeren kommen nach Polen. Es sollen alle von hier mit, also unsere Alten, die meist krank sind. Und wenn diese dann tot sind, verhungert, dann kommen wir auch dran, wenn wir noch leben.

An Dotz kann ich nicht schreiben, weil ich die Adresse nicht weiß, aber es genügt auch so. Lillys Adresse ist durch Marie Biedermann Thun Waisenhausgasse 2 zu erfahren. Sie ist umgezogen und wir wissen natürlich auch keine Adresse mehr. Der Tapezierer Berthel Stuttgarter, Kriegsbergstraße, Ecke Seestraße, hat einen Koffer von mir, den Ihr bitte an Euch nehmen sollt. Entweder für Dotz bzw Jowo oder Beate. Sonst hätten wir schon noch einiges, aber jetzt ist es zu kurz. Bei Frau Agathe Burkhardt, Haigerloch im Haag, könnt Ihr euch erkundigen, allerdings ist sie gerade über unsere Abreise auch verreist, die Agathe ist da, so daß man nichts mit ihr anfangen kann. Viel haben wir ja nicht mehr, das ist gut so.

Also lebt wohl Eure Tante Clara u. P.

Von Frau Maria Kuntz, Esslingen (von Paula Straus »Oma« genannt)
Eßlingen a. N., 27. 10. 46
Werte, liebe Frau Martin Storck!
Wie ich von Bekannten hörte, daß es ziemlich aussichtslos ist, daß die liebe Paula noch am Leben ist, habe ich daran gedacht, den Wunsch von der lieben Paula zu erfüllen u. Ihnen die bei uns verwahrten Kleider und Anderes zukommen zu lassen. Ich konnte Lilli's Anschrift erfahren u. schrieb ihr, ob sie damit einverstanden wäre. Lilli schrieb mir einen langen Brief, über den ich mich freute, aber meine Frage beantwortete sie nicht. In meiner Antwort erwähnte ich dies u. nun warte ich täglich auf einen Brief von ihr. Lilli hat sehr viel Arbeit und ich nehme an, daß es ihr recht ist, u. denke, jetzt bei der eingetretenen Kälte wärs Ihnen mit den warmen Sachen geholfen. Ein Koffer ist bei mir, ich möchte Sie nur noch bitten, mir zu schreiben, wie derselbe zu Ihnen gelangen kann. Vielleicht reist jemand Ihres Bekanntenkreises in die amerikanische Zone, um den Koffer zu holen. Bitte geben Sie mir darüber bald Auskunft.

Gerne möchte ich auch wissen, wie es Ihnen u. Ihren Verwandten in Amsterdam geht u.

ob Alle den Krieg überstanden haben. Ist Ihr Sohn Jowo gesund heimgekehrt, die liebe Paula sprach oft von ihm und sorgte sich um ihn. Vielleicht schreiben Sie mir auch, was Sie über Paula u. ihre l. Mutter gehört haben, solange dieselben noch zusammen in Theresienstadt waren. Ich hörte indirekt von einer Dame, welche auch in Th. war, daß Paula nach Riga kam u. ihre Mutter später krank wurde u. starb. Das traurige Schicksal dieser beiden lieben Menschen ging u. geht mir sehr nahe, man wird nie darüber hinwegkommen.

Ich hoffe und wünsche sehr, daß es Ihnen ordentlich geht u. Sie von Ihren l. Verwandten gute Nachrichten haben. Viele herzliche Grüße

Ihre

Maria Kuntz

In ihrem Lehnstuhl sitzend, denkt die alte Frau nach: Jetzt, denkt sie, könnte ich endlich aufhören zu erzählen. Paula wurde vergast und ihre Mutter ist verhungert. Die Verwandten, die es rechtzeitig geschafft hatten, haben überlebt, von ihnen habe ich den knarrenden Lehnstuhl bei meiner Hochzeit mit dem genannten Jowo bekommen. Jowo, dem die Sorge der Zurückgebliebenen galt, kam schwerverwundet aus dem Krieg zurück. Er hatte ein Bein verloren, eine verstümmelte Hand davongetragen, von der ein Finger fehlt.

Ein Happy End?

Also bin ich eine Übriggebliebene, eigentlich könnte ich mich verabschieden, zumal ich alles gesagt habe und nichts mehr zu tun habe.

Eigentlich.

Die Pandemie hat sich zurückgezogen. Aber sie lauert noch in den Mündern der Menschen, in ihrem Atem, sie dürfen den Mund nicht zu weit aufreißen, damit nichts passiert. Sie tragen noch Masken, aber nicht mehr lange, bald werden sie auch dieses Schutzes nicht mehr bedürfen. Sagt man. Es wird ein Aufatmen geben, behaupte ich. Ich behaupte etwas, an das ich selbst nicht glaube.

Es ist ein regnerischer Tag. Die Blumen am Balkon lassen die Köpfe und die Blätter hängen. Sie werden sich freuen, denkt sie, hofft sie, dass sie das weiche Regenwasser von oben bekommen und nicht nur das harte aus der Wasserleitung. Zu viel Kalk. Es gibt Gegenden, in denen es weiches Wasser aus der Leitung gibt. Wer daran gewöhnt ist, weiß es nicht zu schätzen, erst wenn das harte Wasser aus den Kalkalpen oder woher auch immer aus der Leitung kommt, weiß man das weiche, einmal gehabte, zu schätzen. Das harte Wasser braucht Salz. An Salz mangelt es nicht. Das ist die Hauptsache. Vielleicht, denkt sie, bin ich in die falsche Gegend gezogen. Doch gegen die Gegend gibt es nichts einzuwenden.

Die alte Frau erinnert sich: Gestern bin ich wieder einkaufen gegangen, in das Geschäft, das mir vertraut ist, dem ich allerdings nicht vertraut bin. Beim Eingang komme ich drauf, dass ich die Maske nicht vor dem Gesicht habe, sie gar nicht mitgenommen habe, nicht einmal eine alte, abgetragene. Ich trage auch abgetragene Masken, etwas verschmuddelte, das fällt bei mir als alter Frau sowieso nicht auf, ich meine, auf meinem Gesicht. Ich hatte einen leichten Schal um den Hals, doch erfahrungsgemäß gilt der nicht, das hat man mir letztens beim Eintritt in ein Geschäft verkündet und mir eine neue Maske zum Kauf angeboten. Auf diese Weise habe ich schon einige kaum getragene Masken zu Hause. Ich hebe sie auf, ich trage sie gelegentlich, wenn ich glaube, sie zu brauchen. Ich bin also am Eingang des Geschäfts stehengeblieben, habe um mich geblickt, ein Mann oder sogar ein Herr war in meiner Nähe, der sich an der Ordnung in den Regalen zu schaffen macht, ich gehe schuldbewusst auf ihn zu und sage: Ich habe meine Mund-Nasen-Schutz-Maske vergessen. Der Mann oder Herr antwortet: Sagen Sie einfach, Sie sind vom Maskentragen befreit. Ich schaue ihn erstaunt an und denke, es gibt also auch Befreiung vom Maskentragen. Ich danke dem Herrn und gehe nun ungestört in dem nicht sehr großen Einkaufsladen meinen Einkäufen nach. Im Stillen wiederhole ich, um auf eine Zurechtweisung gefasst zu sein, ich bin vom Maskentragen befreit. Während ich meine Sachen zusammensuche, überlege ich mir, was mich vom Maskentragen befreien könnte, oder was ich sagen könnte, was mich vom Maskentragen befreien könnte, und dass ich für das Maskentragenbefreitsein sicher auch einen Ausweis vorweisen müsste. Jedenfalls überlegte ich, was könnte jemanden vom Maskentragen befreien; als ich schon auf dem Heimweg war, fiel mir ein, dass ich ein Asthma vorschieben könnte oder was Ähnliches. Wenn man älter oder alt ist, wird einem das sicher auch ohne Ausweis geglaubt. Ein Blick ins Gesicht, ein offener Mund, eine blaue Nase überzeugen gewiss jeden. Wieso ist mir diese Idee nicht schon früher gekommen, sondern jetzt erst, da die Maskentragepflicht ohnehin schon bald ein Ablaufdatum hat.

Am nächsten Tag beim Einkaufen in einem anderen Geschäft, einem gut besuchten, wieder ohne Maske. Die erste Verkäuferin stellte sich mir in den Weg: Maske!, sagte sie kurz und barsch und ich kramte meine Maske heraus, murmelte eine Entschuldigung und setzte sie auf. Meine Kraft reicht nur noch für Entschuldigung, nicht mehr für Aufbegehren.

Sie beginnt wieder den Lehnstuhl mit ihrem Öl zu polieren. Sie hat die Polsterung abgenommen, die nicht von Paula stammt, und sucht sich einen weichen Lappen. Dann beginnt sie die einzelnen Holzteile, das Gestänge, die Armlehnen, die Beine zu polieren, sie denkt dabei an den goldenen Amethystring, den ihr die amerikanische Cousine von Paula zur Hochzeit mit Jokl, Jowo genannt, zur Hochzeit geschenkt hat. Sie trägt ihn nur zu besonderen Gelegenheiten und hat immer Angst, dass er verloren geht. Beim Händewaschen nach der Toilette zum Beispiel. Oder dass sie ihn verlegt, dass sie so vergesslich wird, dass sie ihn in ihrer Wohnung nicht mehr findet und vor lauter rastloser Suche eines Tages tot umfällt. Wenn ich das meiner Freundin erzähle, überlegt die alte Frau, dann sagt sie, dass sie das krankhaft, pathologisch findet. Sie hat ja recht. Doch was ist heute nicht pathologisch? Manchmal glaube ich, die ganze Welt ist inzwischen pathologisch geworden, heute nennt man das toxisch, und ich träume von einem Spaziergang im Schwarzwald, in dem ich mich verirre und aus dem ich nicht mehr herausfinde. Dass ich umarmt von dunklen Fichten und Tannen und Sträuchern in den Schlaf falle und nicht mehr aufwache.

Ich wache natürlich auf und ich bin froh, nicht im Wald zu liegen, in welchem auch immer, denn in jedem Wald kriecht allerhand Getier herum, vor dem mich gruselt, und außerdem lebe ich noch. Und ich sitze im Lehnsessel, den ich eigentlich reinigen wollte oder polieren mit dem gewissen Öl, und erinnere mich, dass es geheißen hat, dass wir wieder ins Kaffeehaus gehen dürfen und Zeitungen lesen und dass die Regierung zurückgetreten ist, doch das habe ich sicher geträumt.

Evelyn Grill
Der Begabte
Roman
ISBN: 978 3 7017 1709 5
152 Seiten, € 20,00

Verschlüsselt, geheimnisvoll, schräg und abgründig komisch – das ist die Rezeptur, nach der die österreichische Schriftstellerin Evelyn Grill ihre Romane zusammenmischt. Überraschungen sind dabei die Gewürze.

Lerke von Saalfeld, FAZ

Evelyn Grill, die Meisterin des kühlen, analytischen Blicks auf ihre Figuren und der präzisen Sprache, hat mit dem Roman „Der Begabte“ ein literarisches Kleinod geschaffen.

Alexandra Millner, DIE PRESSE

Grill ist eine Meisterin im kühlen Sezieren von Machtverhältnissen, womit ihr ein schauerliches Eindringen in die Nöte des Menschen gelungen ist.

Katja Gasser, ORF STUDIO 2

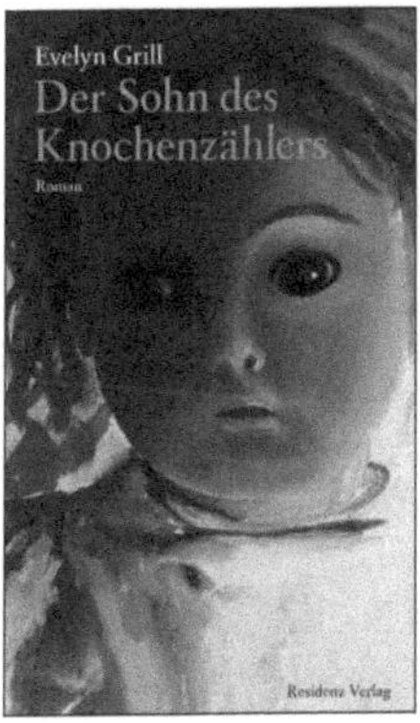

Evelyn Grill
Der Sohn des Knochenzählers
Roman
ISBN: 978 3 7017 1605 0
136 Seiten, € 17,90

Das Böse liegt Evelyn Grill. Und sie braucht nicht viel Raum, um es zu entfalten.

Kirstin Breitenfellner, FALTER

Grill ist beim Schreiben immer eine Böse. Wie ein Totengräber schaufelt sie sich unter die Oberfläche und gibt erst Ruhe, bis sie Würmer findet. Das dauert nicht lang.

Peter Pisa, KURIER

Evelyn Grill hat einen Roman geschrieben, der die seelischen Verwerfungen zum Thema hat, der die Familie als Hort von Grausamkeit und Einsamkeit bloßlegt. Dass ihr dies so überzeugend und meisterlich glückt, dazu trägt auch ihre strenge Stilistik bei, denn es gelingt der Autorin, auf nur 130 Seiten eine atemberaubende und zugleich poetisch-elegante Geschichte zu erzählen.

Lerke von Saalfeld, DEUTSCHLANDRADIO